文豪たちが書いた「猫」の名作短編集

彩図社文芸部　編纂

序

本書は、文豪たちが書いた猫にまつわる短編小説・エッセイを収録したアンソロジーである。15人の文豪たちから作品を集めたが、猫に対する視線はさまざまだ。

次第に弱っていく飼い猫への愛情を綴った作品、猫を擬人化したおとぎ話風の作品、猫とともに貧乏暮らしをする作品、猫が介在した男女の機微を描いた作品……。

収録した作品は、どれも猫が生き生きと描かれており、読めば読むほど文豪たちの猫に対する感情が心に響いてくる。

笑えて、泣けて、ぞっとする。そんな猫たちの世界にどっぷり浸かってみてください。

文豪たちが書いた

「猫」の名作短編集

—目次—

文豪たちが書いた「猫」の名作短編集

クルやお前か

内田百閒《ひやつけん》

一

蘇聯《それん》の衛星船ボストーク三号と四号が地球の外に飛び出して、まわりをぐるぐる廻っているそうだが、そんな事はどうだって構わない。うちの猫クルツがこないだ内から病い篤《あつ》く、家の者三人、私と家内と女中と、惣掛《そうがか》りで夜の目も寝ずに介抱している。

ボストークは八月十二日と十三日であったが、その騒ぎの外に十八日から十九日に掛けては十二番颱風《たいふう》が接近し、庭樹の枝があわただしく動いて、揺れている梢《こずえ》に頻りに通り雨が降り灑《そそ》いだ。

硝子戸越しにその濡れた庭の見える座敷の、何日来敷き放しにした家内の寝床の上で、クルは一日一日とおとろえて行く様である。寝たきりで、もう起き出す元気はないらしい。傍についていて、可哀想だから何度でも頭や背中を撫でてやる。その手ざわりに、段段骨がはっきりさわる様になった。毛の生えた肌もたるんで、だぶだぶになって、皺が深くなった。

しかし一たび治療の験《げん》が見えて来れば、それから先は著著《ちやくちやく》と元気をつけてやる事が出来る。早くその転機を迎えたいと、猫の枕頭に附き添い神様にたよる気持で一心に祈る。

クルは家に来てから五年三ヶ月、その間私共に心配ばかりさせている。気が強くて喧嘩早いので、年がら年じゅう怪我をして帰って来る。その疵口《きずぐち》の消毒薬、化膿を防ぐ抗生物質の薬二三種、別にクルの主治医の所から貰って来てある内服薬など、クルの薬局の小箱に薬を絶やした事はない。

心配の種は大概外傷であったが、今度も矢張《やは》りそれがもとだったかも知れないけれど、ひどい暑さの続いた土用の後半から、クルは何となく元気がなくなった。

八月に入ってからの或る日の朝、家内がいつもの通り外へ出たがるクルを抱いて、玄関前の庭から門の方へ行った。まだ門まで行かない内に、クルが抱かれた手から下りようとするので放してやると、家内の前を先へ歩いて行きかけたが、見ていると、その足どりが何となくよたよたしている。

こんなに元気がないのに、外へ行けばきっと又喧嘩をするに違いない。その際この調子では廂《ひさし》や屛に攀じ登る事も困難だろうと思ったので、家内は手から降ろしたばかりのクルを又抱き上げて、その儘《まま》うちへ連れ戻った。

それきりクルは再び外へは出なかった。

あの時、あの儘クルを外へ出していたら、或はもう帰って来られなかったかも知れない。どこかの知らない家の縁の下か、空地の草むらの中などで、こんなに病気になったとしたら、どうしてやる事も出来なかったでしょう。あの時すぐに連れて帰ってよかった、よかったと、寝ているクルをさすりながら、頻りに家内が繰り返した。

二

クルは毎晩家内の寝床に抱かれて寝た。寝る時は枕をするのが好きらしいので家内が小さな猫の枕をこしらえてやった。ずっとその枕で寝ていたが、この頃になってから枕でなく、家内の腕に抱かれて寝る癖になった。

後から考えると、何となく段段人にすり附いていたがる様になったらしい。

そうしておとなしく寝ていればいいが、自分が寝るだけ寝て目をさますと、独りで起きているのは淋しいのだろう。夜なかでも、夜明け前でもお構いなく、いろんな事をして寝ている家内を起こす。人の顔のそばに自分の顔をくっつけてニャアニャア鳴いたり、濡れた冷たい鼻の先を頬に擦りつけたり、それでも起きないと障子の桟に攀じ登って、障子の紙を破いたり、抽斗棚の上に置いてある独逸《ドイツ》土産のシュタイフの仔鹿を引っくり返したり、有らん限りのいたずらをする。家内がいくら叱っても怒っても利き目はない。猫の目的は、自分独り起きているのはいやだから、人が寝ているのが気に入らないのだから、寝ている家内を起こす事に在る。だから家内が根負《こんま》けして、そこに起き直ればおとなしくなる。起きたのを見届けて、それで気が済むと今度は寝床の足もとの方に廻り、らくらくとくつろいだ恰好になって、又ぐうすら寝込んでしまう。

我儘《わがまま》で自分勝手で、始末が悪い。

しかしそうやって、何と云う事なく人にまつわり附いていようとする猫の気持が可愛くない事はない。

家内はお蔭で寝不足が重なり、何日目かには頭がくらくらすると云って昼寝をしたり、薬をのんだりしなければならない。

そうして朝になると外へ出たがる。

どこに、どんな用事があるのか知らないが、丸でお勤めにでも行く様に出掛ける。しかし雨が降っていれば出さない。

家内が、お前は傘もさせないし、雨靴もないのだから駄目だよ、と云ってもわからない。抱き上げて、硝子戸越しに外の雨を見せても納得しない。

まだ出たがって、ばたばたする。

家内が抱いた儘、勝手口から一足外へ出て、猫の額《ひたい》に雨垂れを二三滴当てる。「そうら、雨こんこん、降ってるだろ」と云い聞かす。そうするとクルはあきらめる様である。後はもう騒がない。

外へ出た日は、朝行ってお午まえにはもう帰って来る事もあり、夕方暗くなってもまだ帰らない事もあり、待っているのに到頭帰って来ないで一晩家をあけると云う事もある。そうなると翌くる日は家内が近所の心当りの家へ猫探しに廻る。前のノラの時からの仕来たりなので、先方でも、見かけませんよとか、昨日は家の庭にいましたよとか、よその猫を二匹後ろに従えて、あっちの方へ行きましたよ、とか教えてくれる。

一晩でなく、二晩も続けて家をあけて、非常に心配させた事もある。

出て行った後でお天気が変り、雨が降り出して、迎えに行ってやる当てもなし、どうしようと思っているところへ、濡れねずみになって帰って来た事もある。

近頃は大体出這入りが順当になって、余り大した心配もさせなくなった。帰って来ると初めに頸玉の鈴の音が聞こえる。微かな音だが必ず家の者のだれかが聞きつける。先年のノラ探しの時に、人から貰った小さな鈴で、南洋のどこかの島の産だと云う。非常に遠音《とおね》のする銀鈴である。

その音と共にクルがニャアニャア云いながら帰って来る。うちの庭へ這入ると鳴き出すらしい。段段に間を詰めて、何か意味ありげに人を呼ぶ。「只今」と云っている様でもあり、「帰って来たじゃないか。なぜ迎えに出て来ない」と云っている様でもある。

どこへ行って来たのか知らないが、考えて見ると、こうしてうちへ帰って来ると云うその気持が可愛い。

クルは私のうちを自分の家だと思っているに違いない。人に飼われていると云う、そんな劣等感など微塵もないらしい。我儘に横柄《おうへい》に振る舞い、したい放題の事をして、ほしい物は遠慮なくねだる。それがまた口は利かなくても、私共の方によく解り、猫の求める所がその儘人間に通じるので、自然、萬事がクルの思う通りと云う事になる。猫が人間と対等であるのみならず、どうかすると猫の方が一枚上であるかも知れない。

そうやって鈴の音をさせ、ニャアニャア云いながら帰って来ているのに、すぐに中へ這入らず、いつ迄も外で鳴いているから、家の者が行って見ると、クルはお勝手の前の物置きの屋根にいて、そこから宙《ちゅう》を飛んでお勝手の棚へ乗ろうとしているらしい。

クルが飛びつこうとする所には硝子戸が閉まっている。その硝子戸を開けろと云って屋根の上で騒いでいるのである。しかし台所の棚だから、いろんな物が列んでいる。そこへ飛び乗られては困る。しかしクルは今にも飛び出す姿勢で、腰を揉んで、はずみをつけている。硝子戸の閉まった儘の所へ飛びつけば、爪が掛からないから下に落ちるに違いない。その下には鏡を抜いて水を張った四斗樽がある。樽の中へ落ち込めば又一騒ぎを起こす。早く連れて来なければいかんと云うので、女中が外へ出て、物置きの屋根に梯子《はしご》をかけ、手を伸ばして抱き下ろそうとした。

するとクルはその手を擦り抜け、屋根の後ろ側へ廻り、隣りとの境の屏の上へ行ってしまった。

仕方がないから女中が梯子を降りると、クルはまたもとの場所に引き返し、同じ姿勢になって、飛び掛かるはずみをつけている。

もう一度同じ事を繰り返したが、矢張りクルは手に抱かさらない。こちらで根負《こんま》けして、クルが飛び込んでもいい様に棚の物を片づけた上、急いで硝子戸を開けてやったら、上手にひらりと宙を飛んで棚の上へ乗った。

それで彼の気が済んだらしい。棚から降りて甘えて、鰈《かれい》の御飯をうまそうに食べた。

外で喧嘩をして、傷をして帰った時も、すぐには中へ這入らない。ニャアニャア鳴きながら、何となく外で躊躇している。

それは永い間の経験から、こう云う時はすぐにつかまって、消毒液で痛い所を洗われる。それから治療されるにきまっている。それを知っているから、こうして帰って来て早く中へ這入るにはその覚悟をしなければならない。それでつい足が重たいのだろう。

外の切り上げが早く、お午まえに帰って来た時は、朝の遅い私は大概まだ寝ている。

昼間はクルは私の寝床で寝る習慣である。

帰って来て戴く物はいただき、方方をなめて毛づくろいも終ると私の所へ来る。

寝ている私の顔のそばに自分の鼻面を近づけて、大きな声でニャアニャア云う。或《あるい》は私が掛けている毛布の中へもぐり込む。

そうしてすぐに寝入ってしまう。

一眠りした後、いつもきまってする癖は、それから私の足もとに廻り、そこにクルの為に敷いてある座布団に上がって、すっかり本式にくつろいで寝込む。クル用の座布団は私の寝床の裾に重ねた儘、決して外へ動かす事はしない。だからクルはそこへ来ればいつでも自分の寝る所をよく知っているのだろう。一廻り外を廻って来て、帰って来てから好物の鰈《かれい》の御飯を食べて、身体をなめて、すっかり落ちついてから、その自分の座布団の上でぐっすり寝入る。もう少少の事では目をさまさない。遅くなってから私が目をさまし、起き出す時分にはクルは大概ぐうすらである。猫の鼻から提燈は吊るさないが、そばで人が起き直ったり、動き出したりするのは何の刺激にもならないらしい。第一、寝ているクルは何の警戒も用心もしていない。敵に備えると云う心構えなぞ丸でなさそうなのである。

私は起き出して寝床を離れる時、必ずクルに口を利く。眠っているクルの額《ひたい》に私の顔を押しつけ、手でクルの胴を抱えながら話し掛ける。クルにはクルのにおいがする。

「クルやお前か」

咽喉の奥の方で、「うンうン」と云う様な声をする。眠っていながら返事をするつもりなのだろう。

「クルや、お前か、そうやって寝んねしているのか」

「うンうン」と云いながら小さな手を伸ばして、手の先の爪のある指の間をみんな広げて見せる。

「クルや、お前はお利口だねえ。そうやってお利口に寝んねしているのか。クルやお前か」

今度は頤《あご》を自分の両手の間に抱え込む様にして、くるくるっと丸く、細螺《きしやご》の貝の恰好になって、すうすうと鼻息を立てる。私が構っている間じゅう、一度も目は開かない。

その儘夕方まで寝ている事もあり、又はいつの間にか起き出して来て、みんなに交じって家の中を行ったり来たりする。

私が廊下に起って硝子戸越しに庭を見ていると、そばにやって来て、片足にそっと身体を擦りつける。或は二本の足の間に這入ってそこに腰を下ろす。そうして私と同じ様に庭の方を向き何かを一心に眺めているが、一体何を見ているのだろう。私はそこに起って庭を見ているが、ただそうやってそっちを向いているだけで、何を見ているわけでもない。クルは私が何かを見ているかと思って、私と並んで庭に向いているのか、それとも自分には自分で興味のあるものか、気になるものかがあって、庭を見ているのか、私には解らないが、解らないなりにいつ迄もそうやって私と一緒に向うを見ていると云うクルの気持が可愛い。

昼間じゅうぐうすら寝続けている時でも、夕方近くなって魚屋の兄さんがお勝手口にやって来ると、その気配ですぐに目をさまし、起き出して来て台所へ出る間境《まざかい》の襖をがりがり引っ掻く。

そら、もう起きて来た、どうしてわかるのだろう、とこっちで話している間もがりがり引っ掻いて、早く開けろと云っている様である。

開けてやると出て来て、それで気が済むらしい。必ずしもその場で何か貰おうとするのではない様で、いつも自分の好きな物を持って来てくれる兄さんが好きだから、出て来て猫の挨拶がしたいと云うのだろう。

それから又もとの自分の寝床に帰り、まだ温《ぬく》もりのある座布団の上で寝直す。猫は寝子だと云う通り、本当によく寝る。

私の晩のお膳はいつでも遅い。私がお膳の前に坐り、晩盞の杯を取ろうとする時になると、その頃合いをクルは実によく知っていて、それまで寝ていてもちゃんと起き出し、ぴたりと遅滞なくお膳のそばへやって来る。

そこへ来ても、私の横には坐らず、私と鉤の手にお膳に向かっている家内の膝にすり附き、私の方の手もとを見ながら、いつ迄でもおとなしくして待っている。頻りに小さな杯を脣《くちびる》に持って行く私を眺めて、感心しているのか、じれったがっているのかわからないが、時時坐り直すところを見ると待ち遠しいのだろう。

私は毎晩お酒を飲むので、お膳にはいつもお刺身がある。それは随分昔からの事だが、いつの間にかそのお相伴にクルがいる事になって、クルの小皿に分けてやり、一人前のお刺身を一緒に食べる習慣になっているので、たまにクルの帰りが遅く、私のお膳に間に合わぬ時や、今年の春の様に何日も入院させた時なぞは、一人でお刺身のお皿に箸を出すのが物足りなく淋しい。

私のお刺身は白身である。だからクルもいつも白身のお刺身をいただく。クルの主治医の注意に従い、鰺《あじ》や鯖《さば》は脂こくて猫によくないそうだから、常食には鰈《かれい》を与える事にしている。お刺身の白身は鯛の事もあるが大概平目である。クルが晩にいただくお刺身が白身の平目ならこれも申し分ないだろう。

いよいよクルにお刺身を取り分けてやる順序になる。

「クルや、お利口に待っていたのか。さあ上げるよ」

人の言葉が解るのか解らないのかと考えて見る迄もない。解るにきまっている。単語の一つ一つが猫に理解出来るか否かと云う事でなく、こちらの云っている事が全体として彼に通じる事は疑いない。起ち上って伸び上がり、家内の膝に両手を突いて、もうじっとしていられないと云う恰好をする。

私がクルの見ている目の前で、クル用の小皿に取り分けてやる。しかし決してお膳の上ではやらない事にしているので、家内がその小皿を持ってお膳を離れる。そうしてそこでお刺身を貰う位置が毎晩の事だからクルにもわかっているので、その場所へ先廻りし、いつもきまった方へ向いて家内の膝の前に坐る。

坐っては見たものの、便便と待ってはいられない気持で、腰を上げて中腰《ちゅうごし》になる。

それはお行儀が悪いと云う事になっているので、家内が「えんこして、えんこして。えんしなければ駄目」と云うと上半身を出来るだけ伸ばした姿勢で、しかし腰だけは畳につける。

そうして手を伸ばして家内の腕を引き寄せる様にしてせがむ。家内の手から一切れずつ取って貰って食べる。見ていて、あんまり可愛いので、こちらから、もう少し食べさせてやれと、進んで追加をする事もしょっちゅうである。

お蔭で私の食べ分は半分にも足りなくなるが、それでいい。

その時の様子を思い出すと、私はクルのいないお膳でお刺身を食べる気がしない。食べるに堪えない。

永年お膳のその順序で食べ馴れたお刺身だが、お刺身なぞ食べなくてもいい。食べたくない。

もう一ヶ月以上経つけれど、まだ一度もお刺身を註文しない。

三

朝出掛けて行こうとするクルの足もとが、よたよたする様だと云うので家内が連れて戻ったその日から、クルはもう外へは行かなかった。無理に行こうともしなかった。

おとなしく家にいて、家の者と一緒に交じって一日を暮らす。全く家族の一員である様な顔をしている。それはそうだろう。外に身寄りがあるわけでもないのだから。

おとなしいのはいいが、どうも元気がない様で、少し心配である。いつもの場所でよく寝て、晩のお刺身を楽しみに起きて来る日日のクルの順序に変りはないが、何となく気がかりである。

家から遠くない九段四丁目に古くからの犬猫病院があって、そこの院長さんがクルの主治医である。クルはしょっちゅう怪我をして来たり、何か故障を起こしたりするので前前からお世話になっているが、今年に入ってからも二月に八日間、五月に五日間その病院に入院させた。

今度もほっておくのは心配なので、前晩その病院に電話してクルの様子を話し、来診して貰う様頼んだ。

八月六日の朝、ドクトルが来診して手当の注射をしてくれた。その時は朝早いので私は失礼して診察に立ち合わなかったが、猫の夏風邪《なつかぜ》と便秘なる由。猫の夏風邪とは中中俳趣のあるお見立てだと思った。

八月九日木曜日　気温三五・七度
クルが引続き元気がない。心配で堪《たま》らぬ。朝クルのドクトル来診。手当を受く。早朝なれども起き出して挨拶し、又頼んだ。

八月十日金曜日　三四・三度

夜半三時半起き出して、クルの寝ている新座敷に行き、クルの様子を見る。朝重ねてドクトル来診、手当。心配だから起き出して立ち合う。

八月十一日土曜日　三三・一度

夜明け四時半に起き出して、昨日の様にクルの様子を見に行った。その後も何度かクルの為に起きたが又寝床に帰って寝た。

今朝もドクトル来診、手当。朝早くても心配でその場を外すわけに行かない。立ち合って何とかしてやって下さいと頼む。毎日の手当の甲斐なくクルはまだ元気にならない。昨夜お刺身を少し吐いたが、その後ずっと何も食べない。今日一日牛乳も卵黄も受けつけない。午後遅く家内が病院に電話してその事を訴えたけれど、今朝の注射に栄養が入れてあるから、今日一日何も食べなくても大丈夫だとの事。しかしそう云われても、クルの丸で元気のない様子を見ると心配で堪《たま》らぬ。家じゅうがしんとして、お勝手に人が来ても、だれも余り口を利かない。

星落秋風五丈原
清渭《せいい》の流れ水やせて
むせぶ非情の秋の声
丞相《じょうしょう》病ひ篤《あつ》かりき

切れ切れに思い出す昔の新体詩、丞相《じょうしょう》は諸葛孔明、病い篤《あつ》きはうちの猫。猫が孔明であってもなくても、なおればいい。

八月十二日日曜日　三二・六度

朝八時半クルのドクトルの来診にて起きた。手当を受けたが容態は良くない。ますます心配である。夕方クルが牛乳を飲んだので、漸《ようや》く良くなりかけたかと思い、うれしくてこちらも元気が出て、暫らく振りにお膳のお酒が進んだ。ところが後でクルがさっき飲んだ牛乳を戻したので、矢っ張り駄目かと可哀想になり泣いた。涙が止まらない。クルの小さな額《ひたい》に顔をくっつけて、クルやお前か、クルやお前か、と呼びて憐れむ。

八月十三日月曜日　三四・一度

七時前目をさます。クルの事が気がかりで、一たん目をさましたらもう寝られない。今日は八時前にドクトル来診。手当をして貰ったが、敗血症を起こしているのではないかと思うとの事にて一層心配也。

八月十四日火曜日　三五・二度
朝八時ドクトル来診。手当。クルは二三日前よりはらくになっている様で、どこと云う病苦はなさそうだが、依然何も食べない。すでに骨に毛が生えた程やせている。この儘《まま》で推移すれば恢復は六ずかしいだろうと思い、心配で堪らない。

八月十五日水曜日　三二・六度
朝八時過ドクトル来診。手当。クルは昨日あたりから少し良くなりかけている様で、少量ながら牛乳を飲み出した。

八月十六日木曜日　三三・八度
未明午前三時から三時半頃、クルはだれも知らぬ内に、足もとがヒョロヒョロしているのがどうして独りで歩けたか、電話のある三畳の古新聞や未開の郵便物の積み重ねの前に来て、坐っていた。

何のきっかけか解らぬが、その隣りの三畳に寝ていた私が気がつき、廊下を隔てて鉤の手になった新座敷に寝ている家内を呼び、「クルが独りでこっちへ来ているではないか」と云ったので家内が驚いて起きて来て抱いて行った。

三畳のそこはクルがいつも積み重ねの新聞の縁を引っ掻いて叱られる所である。

以上の事は後で家内から聞いて知ったが、自分では丸で記憶がない。なぜ目がさめたか、それもわからぬ。思い出せないので、夢だったかと云う気もしない。

ドクトル朝八時過来診。手当。クルは病苦はなさそうだが、牛乳も鰈《かれい》のそぎ身も食べたがらず。朝ドクトルが鰈《かれい》を食べさせてくれたのと、午後一時過重湯と牛乳を混ぜたのをほんの少し飲んだだけで、その後四時頃又牛乳を与えようとしたが飲まない。昏睡に陥っているのではないかと案ぜられる。午後ドクトルとその事に就き電話で話したが、矢張りクルは良くならないらしい。可哀想で堪らないけれどドクトルの口占《くちうら》から察すればそう思わなければならない様である。毎日来て診ていて、大丈夫です、今に良くなりますとはただの一度も云っていない。

クルの為に片づけずにその儘《まま》にしてある家内の寝床で、クルは一日じゅう寝ている。そうしてだれかがいつもその傍にいてやる様にしている。

同日の午後、その傍にほんの一寸《ちょっと》の間だれもいなくなったのに気がつかなかった。こっちの三畳にいた私の耳に、二声猫の声が聞こえた様に思われたので、お勝手口にいた家内に、猫の声がする様だがちがうかね、と云うと、猫の声ではないでしょうと云った。しかし矢張り気になるので新座敷へ来て見ると、どうして上がったか、そんな体力はない筈のクルが卓袱台《ちゃぶだい》に上がって、家内の湯呑み茶碗を引っくり返していた。水が飲みたかったのかも知れない。

家内が来て抱いて下ろすと、お勝手の方へ行きたがって、仕切りの硝子戸の前でそっちを見ている。行きたがる所へついて行ってやれと云ったので、家内がついて行くと、よろめきながら洗面所へ行った。上に上がろうとするらしいので、到底上がれはしないから、家内が抱いていてやると、抱かれた儘《まま》で洗面器の水を飲んだ。いつもクルが外から帰って来ると上がって飲む所である。

夜半の三畳と云い、卓袱台と云い、洗面所と云い、皆クルが馴染みの場所へ一通り行って見たのではないかと思った。

晩のお膳の時、クルは起き出して、よろめきながら私の寝床のある三畳の方へ行き、いつも自分の寝る座布団のある所まで来て、その横の襖の前でヒョロヒョロして倒れた。微かに変な声を出した。いよいよ駄目かと思い、みんなあわてたが、幸いまた持ち直した。その儘、動かすのは可哀想だから、家内も三畳へ来て一緒に寝てやって、夜通し腕に抱いていた。

八月十七日金曜日　三三・四度

朝八時ドクトル来診。手当。クルは依然験《げん》は見えず。昨日の電話の時、この上の処置は強心剤の注射だが、利き目が切れた時苦しむので、と云う話だったが、遠い昔の祖母の臨終に、八十三歳で寿命が来ているのに、医師の強心剤の処置の為、最後を苦しんだ時の事を思い出し、こうして段段衰えているクルに、昔の祖母の様な苦しみはさせたくないと思った。クルは今日も殆んど何も食べない。夜もその儘で一日過ごした。可哀想なれど止むを得ざるか。

八月十八日土曜日　三三・一度

昨夜はクルが心配で、三畳の自分の寝床に帰って寝る気がしないから、新座敷へ来てクルの傍でごろ寝をした。

朝八時前ドクトル来診。手当。その時牛乳少量を匙にて飲ませて貰った。午頃また牛乳を飲ませたら、自分で口を動かして匙から飲んだ。昨日よりは少しは良いかと欲目が出る。しかし夕方もう一度与えようとしたら、全く飲みたがらない。そうして手足の先が冷たくなりかけている。脚に湯婆《ゆたんぽ》の罎を入れてやって、何とからくにしてやりたいと思う。今夜もクルが心配でクルのそばに寝る。

夜頻りに通り雨。十二番颱風の前触れなり。

八月十九日日曜日　二八・七度
朝八時ドクトル来診。手当。今日もドクトルに牛乳を飲ませて貰おうとしたが、クルは受けつけず。
信頼してまかせたお医者に、素人が立ち入った事を尋ねるのは差し控えるべきだと思うけれど、ドクトルの鞄から毎日いろんな注射液のアムプルが出て来るので、今日のは何何かと聞いて見た。
○リンゲル○葡萄糖○ヴィタミンB12○卵白から造った肺心臓の強化剤○輸血代用の注射液
輸血の件は猫の血液型を調べるのが六ずかしく、又猫の血液は凝固が早いので実際に使うのは困難だとの事。

以上五種の内、四種を太い一筒に混ぜ、別に小さな筒にて一種。

牛乳は飲まなかったが、注射の後暫らくすると、クルは何となくらくになった様で、いい顔をしてすやすや眠り、これでなぜなおらぬかとじれったくなる。食べさえすれば、もう一度元気になるだろう。しかし食べられないのが即ち病気と云う事になるのか。寝顔を見ていて可哀想で堪らぬ。

クルの額に顔を押し当て、クルやお前か、クルやお前か、と云うと、毛の生えた小さな三角の、左の耳をピッピピッと動かした。又手の先の指の間を少しひろげて反応する。もうこんなになっているのに、わかるのか知ら。

クルの嗅覚はすでに麻痺している。目も見えぬらしい。ドクトルが懐中電気の光りを当てて調べてそう云った。しかし耳だけは聞こえるのか。「クルやお前か」と云えば小さな三角の耳を少しピッピッと動かすその可愛さ、いじらしさ。

今朝も五時過に起き、丸で寝が足りないので午後三時半頃、クルのそばで横になったが、中中寝つかれず。

クルを撫でている家内が、吃逆《しやつくり》をすると云ったので、すぐに跳び起き附き添ってやる。臨終也。余り苦しみはなく、家内と二人でクルに顔をくっつけ、女中が背中を撫でてやる内に息が止まった。午後四時五分。三人の号泣の中でクルは死んだ。ああ、どうしよう、どうしよう、この子を死なせて。取り乱しそうになるのを、やっと我慢した。しかしクルや、八月九日以来十一日間、夜の目を寝ずにお前を手離すまいとしたが、クルやお前は死んだのか。

四

縡切《ことき》れたクルを暫らく抱いてやる。無論まだ温かく、可愛い顔をしている。しかしすっかり痩せて、ふだんの半分よりまだ軽い。可哀想な事をした。こんなに痩せる迄、どうにもしてやれなかった。顔をくっつけて、「クルや、クルや」と呼んだ。クルの小さな額《ひたい》や三角の耳に、クルの毛が濡れる程涙が落ちた。

しかし、もうする事はしてやらなければならない。

先年の「阿房列車」の当時、私は東海道の由比駅が好きで、何度も出掛けた。その時の由比の駅長が今は国鉄をやめて静岡の会社にいる。

その昔の駅長さんが、毎年季節になると静岡の蜜柑を送ってくれる。一顆ずつに青い蜜柑の葉が二枚ついていて、いつもその風味を賞する前に、先ず見た目を楽しませてくれる。物置きにその空き箱があった筈である。私があんなに喜んだ蜜柑の箱だから、クルをその蜜柑箱に納棺しようと思う。

箱の底にクルの小さな布団やタオルを敷き、頭の下に小さな枕を置き、家内が抱いてその上に寝かせた。クルはまだ温かい。手足も柔らかい。私がその手を持って、御機嫌のいい時いつもする、くるくるっと巻いた細螺《きしやご》の様な恰好に手を曲げて、重ねてやった。

〇

翌二十日は曇、頻りに通り雨、十二番颱風はそれるらしい。

昨夜頼んでおいた植木屋が朝来て、庭の屏風の小高くなった所に穴を掘り、クルの蜜柑箱を埋めてくれた。

終って植木屋が帰った後、颱風の余波の強い通り雨が、クルを埋めた土くれの上に降り灑いだ。

〇

その日は終日うつら、うつら、流れ出る涙を抑えかねた。

その翌くる日もうつら、うつら。そうして非常に暑いと思ったら、三十七度一分に昇った由。

その次の日、クルの十九日から三日目の二十二日の朝、五時過に目がさめた。自分の三畳の寝床に帰って行く気になれないので、矢張《やは》りクルのいた新座敷に寝ている。

まだ寝は足りないが、しかしもう寝られないだろうと思っている内に、その儘うとうとして三十分許《ばか》り眠った間にクルの夢を見た。

新座敷には浅い半床の床の間があり、銀の地が焼けて真黒になった漱石先生の短冊が懸かっている。

クルはその前の家内の寝床に寝ていて、悪くなってから最後の二三日は頻りにその床の間に上がりたがった。食べた物を吐いたり戻したりしたのは大概その床板の上であった。

夢でクルはもう死んでいるのに動き出し、一たん左の方へ行き、よろけながら右へ引き返して、その床の間へ上がった。家内に早く見てやれと云った。クルはもう目がなくなっている。床の間に行ったクルは、そこで丸まり、細螺《きしやご》の様になって前足を組み合わせて落ちついた。一昨昨日《さきおととい》蜜柑箱に納める時、箱の中でそうしてやったその儘の姿勢である。

その夢を見て、あれでよかったのだなと思った。

○

八月二十三日の夜になって、初めてこおろぎの声を聞いた。もっと前から鳴いていたかも知れないが、今年はクルの事で今夜まで気がつかなかった。

○

結婚のお祝、誕生日のお祝等に飾り菓子を出す。あれはお目出度い御祝儀のお菓子だが、霊前に供えたり、お悔みに届けたりする不祝儀の飾り菓子と云う物はあるのか。そう云う仕来たりがあるかないか、私は丸で不案内で知らないが、今年の冬私の小学校以来の旧友が亡くなった時、取りつけの菓子屋に註文して不祝儀の飾り菓子を造らせ、霊前に供えた。

八月二十五日、午後雷が鳴り、夕立が来て、雨は夜に入っても降り続いた。今日はクルの初七日である。クルをもう一度達者にして貰う事は出来なかったが、クルの最後まで連続十一日間、クルの為にいろいろ手を尽くして貰ったドクトルに感謝の気持を伝える為、不祝儀の飾り菓子を造らせて家内がお届けした。

菓子の表にチョコレートでクルの名前を入れた。

Kater Kurz

お菓子に書いたその字を見たら、独逸生れの米国籍の演奏指揮者エフレム・クルツ氏を聯想した。猫と一緒にしては相済まんが、お名前がうちの猫とおんなじだと云うだけで他に意味はない。今年の早春だったか、新聞に今夜羽田に著《つ》くと書いてあったその晩、私のそばにいたクルに、「クルや、お前は出迎えに行かなくてもいいのか」と云って頭を撫でてやったのを思い出す。

今日の夕立の雨は寝る前になっても降り続き、雨音繁し。クルの帰りが遅い晩は、こう云う時非常に心配する。今はその心労なし。ああして眠らせた後なれば。

○

八月二十六日の日曜日は朝から頻りに通り雨が降った。熊野灘から日本海へ抜けた十四番颱風の余波である。

クルは前週の日曜日の午後四時五分、うちの三人に撫でられながら、小さな頭を抱えられた儘息を引き取った。今日の今がその四時五分。しかしそれはもう済んだ事であり、又その日を数えるなら昨日を初七日としてドクトルへの届け物も済ませた。同じ曜日の日曜だからと思うのは意味はないだろう。しかし今日はその四時五分が気になって、どうにも払いのける事が出来ない。午過ぎから寝なおすつもりで横になったが、眠られず、頻りにクルのその時の事が思われてならぬから起きてしまった。二時過なり。起きて見れば時刻はますます四時に近づく。

○

八月晦日の夜遅く、お膳の途中で手洗いに起つ。帰って来れば必ずそこにいたクル、毛の生えた三角の耳をピンと立てていたクルがいない。夢でいいから、もう一度クルに会いたい。抱きたい。げに夢猫をうつつにぞ見る。

○

九月に入ってからの或る朝、まだ寝たいと思ったが中中眠られず、あきらめて起きた。その前にうとうとしたと見えて、クルの夢を見た。だから矢張り寝ていたのだろう。岡山の生家志保屋の店の土間から、表の倉へクルを抱いて這入《はい》って行った。「クルや、可哀想だったね」と云ったのは、クルが死ぬ時の事を思い出したからである。倉の中の土間へ降りようとするのを抱き上げ、土間だから爪が引っ掛からない。そのクルの手を抱いているところで目がさめた。だから矢張り寝ていたのである。寧ろその夢を見る為に、覚め際に一寸《ちよつと》寝たと云う気がする。すぐに起き直ったが、クルを抱いていた腕や、クルの額《ひたい》にくっつけた顔に、まだクルのぬくもりが残っているのをはっきり感じた。

〇

その翌くる日、夕方近くから空がかぶり、荒い雨の音がし出した。雨の音を聞くと、いつもそうだが、クルがまだ帰っていない時は、雨がひどくならぬ内に早く帰ればいい、と念じた。そう云う時に、降り出した雨をすり抜ける様にして、こちらの思った通り帰って来た事もある。今日の雨音を聞いて、何べんでもおんなじ事を思い出し、クルを思い出し、雨の音に耳をそらしたい気持になった。いくら待ってもクルはもう帰って来ない。

〇

中秋名月から二三夜過ぎた宵、チンチロリンの松虫の声がする。このあたりにしては珍らしい。どこかの家の虫籠で鳴いているのだろうと思った。

彼岸猫の季節なので、外の猫にさかりがついたらしく、家のまわりでうるさく鳴き立てる。クルがいなくなってから、丸で庭に猫の影を見なかったのに、ニャアニャア云うので思い出す。家内は夜中猫の声が耳について寝られなかったと云う。お午まえ、さかりの声ではないらしい鳴き方で、家のまわりを何だか、うちの者を呼んでいる様な鳴き声で、頻りにニャアニャア云うからそわそわする気持になった。ノラとは違いクルは勿論そんな筈はない。

昨夜の松虫は近所の虫籠で鳴いているのでなく、うちの庭の筧《かけい》のそばの草むらにいるらしい。

○

クルの十九日がもう近い。この一ヶ月の間、連日の大暑の中で鬱鬱と暮らし、家じゅうみんなで腫れ物にさわる様にクルの事に触れるのを避け、クルの事を口に出さぬ様用心して過ごしたが、昨日一昨日の宵の松虫は実にうれしい。その声を聞くとすがすがしい気持になる。元来私はリンリーンの鈴虫よりはチンチロリンの松虫の方が好きであり、又近頃何年もその声を聞いていないので珍らしい。夕闇になると筧《かけい》のあたりで綺麗な、澄んだ、はっきりした節で鳴き出す。クルが私を慰める為、松虫になって、そこいらで鳴いてくれるのではないかと、昨夜からそう思い出した。そう云えば松虫のいるらしい草むらの少し先の所にクルの蜜柑箱が埋めてある。

野良猫の子のノラがうちに飼われて、家の猫になった後に新座敷が出来た。

だからノラは新座敷の普請を知って居り、門の屏際に積んである材木に乗って遊んだりした。

五

今から五年前の昭和三十二年の春、三月二十七日のお天気のいい午後、新座敷で家内が縫物をしている所へノラが来て、ニャア、ニャアと呼び掛け、外へ出たそうにするので、家内が抱いてお勝手口から門の内側の庭へ出て行った。ノラが抱かさった家内の腕をすり抜け、木賊《とくさ》のしげみをくぐって池のある方の庭に出て、屏を越えて南隣りの庭へ行ってしまったきり帰って来なくなった。

私の所には、昔の田舎の生家にも、又東京で家を持ってからも、大概いつも猫がいた。しかし家の猫が特に可愛いと思った事はなく、あまり構ってやった事もない。いてもいなくても、ちっとも気にしなかった。

それが今度、憐れな野良猫の子のノラが帰って来なくなってから、実に深刻に猫の可愛さを知った。

それから二ヶ月ばかり後、まだ毎日私がノラの事で泣いている所へ来たのがクルツである。だからクルは五年何ヶ月になる。

クルのその初めの時分の事、それに続いた私共との起居に就いては、この稿の前に幾篇かの書きとめた文章があった筈であるが、今すぐには思い出せない。

クルは五年何ヶ月、正確には五年三ヶ月の間に、すっかり私共の間に溶け込み、段段に可愛くなった。

初めクルは家へ帰れなくなったノラの言伝《ことづけ》を伝えに来たと私は思い込んだ。どこかの草むらか塀の陰でノラがクルに向かい、うちへ行ってそう云ってくれと云ったに違いない。クルは尻尾が短かいが、その外は毛並みと云い、顔かたちと云い、そっくりノラの生き写しである。

初めの内クルは涙をためた様な目で、人の顔を見上げた。その様子が何とも云われない程可愛く、次第にクルの事が気に掛かり出した。

ノラで懲りている。あんまり可愛くなっては困ると、いつもそう思っていながら段段に可愛さが増して来た。

何年来、毎日半日は三畳の私の寝床の足もとへ来て寝た。

私が起き出してから机に向かい、一生懸命に考え込んでいるところへ、さっきからあっちの新座敷やお勝手の方で何かしていたクルがやって来て、机の向う側からこっちへ向いて、人の顔をまともに見ながら、口をとがらしてニャアニャア云う。あっちで何か自分の思う通りに行かない事があって、私に言いつけに来るらしい。

何度でもそんな事があって、口は利かなくてもクルのつもりがこちらに通じる様に思われ出した。

しかしながら、可愛いけれど、夜中やまだ暗い内から騒ぎ出して、無理に家内を起こしてしまうのは困る。家内のいろいろの順序が翌日に差し支える。

それが余りひどくなって、毎晩続いて、家内がへとへとになり掛けた。可哀想だけれど、人間が寝なくてはならない間はクルを檻で寝かす様にしようかと相談した。

大体実行するつもりで、クルのドクトルに相談した。座敷に上げられる様な綺麗な檻があるそうで、二重の床になっていて、砂箱も入れられる。註文すればすぐに届けて来ると云うその店の電話番号も教わった。

もう電話を掛けるばかりである。

しかし考えて見るに、その中へ入れられて寝るのは、クルはよろこばないにきまっている。一度や二度なら兎に角、いつも夜になるとその中に入れられ、ついそこにある自分の行きたい家内の寝床へもぐり込む事が出来ない。檻の格子をがりがり掻いても外へは出られない。いやになって、晩になればその中へ入れられると思うと、家へ帰って来るのが気が進まないなどと云う事にでもなったら大変である。

そうなってからクルの行方を心配し、クル探しに気を遣う様な事にならないとも限らない。

クルを寝かせる檻を買うなぞ、そんな事を考えるのはよそう、と云う事になった。

檻はやめたが、砂箱は夜寝る時にクルのいる新座敷へ入れておく。もとはお勝手の狭い土間の隅に置いたのだが、いつの間にか座敷へ上げておく様になった。

クルが病気になって、寝ついてからは、昼夜そこへ置き放しにした。初めの内、自分で歩いて行かれる時は勿論、よたよたしてそこまで行くのが大変になってからも、だれかに支えて貰ったり、抱かれたりして砂箱へ行った。一日一日と衰えて、抱いて行って貰っても、その箱の中に起っていられなくなり、人の手で支えて貰いながらでも矢張《やは》り砂の中にして、一度もしくじらなかった。

それが十九日の前日の夕方から、可哀想に到頭垂れ流しになった。勿論不潔であり、厚い敷布団は台無しになるが、そんな事は構わない。布団の事なぞ云っていられない。打ち直せばいい。そんなに、それ程までに弱って衰えたクルを動かすのは可哀想である。クルが好きで寝て、寝馴れた家内の寝床にその儘《まま》寝かしておいてやろう。

ただ一つの心遣りは、帰って来なくなったノラと違って、してやり度いだけの事はみんなしてやった。クルがしたがった事はみなさせてやった。

六

昔の中学の初年級から漢文を教わった。段段に六ずかしくなり、五年級では白文の韓非子などを読まされた。

しかし初めはやさしいのから入り、漢文の読本で教わるのは本来の漢籍から移したものでなく、興味のありそうな事を、物物しい調子の漢文で綴った教材であった。

印度の総督の幼い令嬢のお守りをする象の話、見世物の象が象使いの言うが儘に芸当をするわけ、そんなことが漢文で書いてあった。

そう云う話の一つに、濠洲《オーストラリア》の鴉が数を数える話が載っていた。

鴉が沢山いる所へ小屋を建てて、鴉の見ている前で幾人かの人が小屋の中へ這入《はい》って行く。小屋の前には鴉の好きな握り飯を積んでおく。

教わった時には何とも思わなかったが、後になって考えて見ると、オーストラリアの握り飯と云うのはおかしくはないか。オーストラリアの事はよく知らないが、或は土人は米食するのか知ら。

そんな事はどうでもいいので、解り易く握り飯と云う事にしたのだろう。それを見ている鴉は早く飛んで行って食べたくて仕様がない。

しかし小屋の中には人が這入っている。うっかり近づくわけには行かない。それでまわりの木の枝にとまった儘じりじりしている。

その時小屋の中から人が一人出て来て、どこかへ行ってしまう。後から又一人出て来る。続いて又もう一人出て来る。

つまり三人出て来た。すると今まで待ち構えていた鴉は一斉に枝から降りて、握り飯のまわりに集まる。

小屋の中に後に幾人残っているかは、鴉の関せざるところであって、三人出たのを見れば鴉は安心する。これに由《よ》ってこれを観《み》れば、鴉は三つまで数を数える事が出来ると云う話である。

猫は幾つまで数えられるのか知らないが、私の家は家族三人、その三人が揃っていないとクルは気が済まぬ様である。三人を一人二人と数えて行くのかどうか、それはわからないが、一人一人に見覚えはあり、別別の味の馴染みもあるだろう。猫が我我を点呼するわけではなくても、だれかが抜けていると不安定な気持になると云うのは想像出来ない事もない。

外を出歩いて、どこで何をしているのか知らないが、時には帰って来ない晩もあるくせに、自分が帰って来て家の者が三人揃っていないと、家の中をあっちこっちニャアニャア鳴きながら探し廻る。初めの内は何をうるさく騒いでいるのかわからなかったが、だれかがどこかから出て来たり、帰って来たりして顔が揃えばそれでいいらしく、じきに寝てしまう。

クルはもとから淋しがり屋だったが、近頃は特に人をなつかしがって、何と云う事なく人にすりついた。自分で死ぬとは思っていなくても、淋しいから人を恋しがり、人にしがみついたのだろう。

私はあれからずっと新座敷に寝ている。もとの三畳の私の寝床に帰って行く気になれない。

寝ている枕もとの頭の上の障子は、クルが引っ掻いて破いたもとの儘である。張り替えてきれいにするのがいやなので、もう暫らくほっておけと云って手をつけさせない。日が経ってもクルの思いは消えない。思い出すとその後がいけないので、成る可《なべ》くさわらない様に、つい心に浮かんでもそこで立ち停まらない様にしている。しかしクルがいなくなった後に一つ、クルがそうしてくれたのかと思う事がある。私は年来寝起きの順序が立たない為、一日の時間が思う様に使えなかった。随分長い間の習慣なので、もう仕方がない事とあきらめていたが、それがこの頃、朝は大体人並みに起きられる様になった。なぜそうなったかと云うに、クルが病気になってから、心配で朝も早くからクルの寝ている所を見に行き、ドクトルが毎日来てくれる様になってからは、その診察、手当に立ち合って容態を聞き、その度にどうか何とか取りとめてやって下さいと頼んだ。ドクトルの来診の時刻は大概八時、又はもっと早い事もある。しかしいくら早くても早過ぎるなどと思った事はなく、寧ろ待ち兼ねたぐらいで、それが十一日間続いたから、一時的の事にしろ、自然に習慣になりかけた。

朝起きられる、人並みの順序が立つと云う事は私に取って望外の仕合せであり、今までに何度そうしようと思い立っても出来なかった事が叶いそうになった。あのクルの置き土産だと思う。

置き土産はいいが、又クルに持って行かれた物もある。前にも述べたお刺身の一件で、その後私は一度も魚屋からお刺身を取らない。食べる味がいやになったのではないが、毎晩私がお膳に坐るのを待ってあんなに喜んだクルの事を思い出すのが堪らないから、その聯想の媒介となるお刺身を遠ざける。仕舞い頃、もう平目のお刺身の切れは大き過ぎて食べられなくなってからは、生の鰈《かれい》をそぎ身にして与えた。その最後のクルの食べ残しが冷蔵庫にあったのを後で煮つけにして私が食べた。鰈《かれい》ももう余り食べたくない。

あんなに暑かった夏も過ぎ、少し日が詰まって朝が遅くなりかけている。

夜明け前にふと目がさめた。

隣りの寝床で家内が泣いている。紙を目に当てて泣き入っている様である。

お互にクルの事は何も話さない事にしているが、あの後すぐの或る朝、朝になるとつらいと家内が一言云って泣いた事がある。

その時からもう一月半も経っている。

しかし日は過ぎても、夜明けの今頃の時刻になると、寝ている家内を起こそうとして騒いだクルを思い出すのだろう。

家内が何かで目がさめたが、腕の中にクルがいないから泣いているのだろう。

猫を画いた子供

小泉八雲

昔々、日本の小さい田舎村に、一人の貧乏な百姓と其《そ》の女房が住んでいました、夫婦共極く良い人達でした。二人の間には子供が大勢あって、それを皆育てて行くのは随分骨の折れる事でした。年上の息子は中々丈夫な子で僅か十四の時立派にお父さんの手助けが出来ました、それから小さい女の子達はやっと歩けるようになるが早いかもうお母さんに手伝する事を覚えたのです。

所が一番の年下の子供は、小さい男の子でしたが、どうも力仕事が適いそうには思われませんでした。大層賢い子で——兄さん達や姉さん達誰よりも賢かったのですが、至って身体が弱くて小さかったので、大して大きな男には迚《とて》もなれまいと言う評判でした。そこで両親は、百姓になるより坊主になった方があの子の為めに良いだろうと考えたのです。

或る日両親は其の子を村の寺に連れて行って、其処に住んでいる親切な年取った和尚に、もしお願いが出来たら此の小倅をお弟子として置いて下さるように、そして坊さんの心得をすっかり教えてやって下さるように、と頼みました。

年寄は此の小童にやさしく言葉を掛けて、それから二つ三つむずかしい事を訊き質しました。其の答えが中々巧者だったものですから和尚は小さい小僧を弟子として寺に引取り、坊さんになるように教え込んでやるという事を承知したのです。

子供は老和尚の言う事は直ぐに覚えましたし、大概の事はよく言付を守りました。けれども一つ悪い事がありました。勉強の時間中に好んで猫の画を画くのです、それに猫など決して画いてはならない所にまで好んで猫を画くのです。

どんな時であろうと自分独りぎりになったが最後、猫を画きます。お経の本の縁にも画くし、寺の屏風衝立残らずに画く、さては壁といわず柱といわず幾つも幾つも猫を画くのです。和尚は何遍となく良くない事だと言い聞かせましたが、どうしても画くのを止めません。彼が猫を画くのは本当のところ画かずにはいられないからでした。彼は『画工《えかき》の天才』と言われるものを持っていたので、全く其の為めに寺の小坊主にはあまり向かなかったのです、――良い小坊主というものはお経本を習わなければならないものですから。

或る日彼が唐紙の上にまことに上手な画を画いて仕舞った後で、老和尚は厳しく言い渡しました。『小僧よ、お前は直ぐに此の寺を出て行かねばならぬぞ。お前は決して良い和尚になるまいが、大方立派な画工にはなる事じゃろう。さて俺《わし》は最後に一言忠告をして進ぜる、堅く心に留めて忘るまいぞ。「夜は広き所を避けよ、――狭きに留《とど》まれ」』

其の子供は和尚が『広き所を避けよ、――狭きに留まれ』と言ったのはどういう意味だか解りませんでした。彼は自分の着物を入れた小さい包を、出て行く為めに括りながら、考えて考え抜いたのですが、そう言った言葉に合点が行きませんでした、けれども和尚にもうかれこれ口を利くのは恐いので、只左様ならとだけ言ったのです。

子供はしみじみ悲しく思いながら寺を後にしましたが、さて自分はどうしたらいいのかと迷い始めました。もし其の儘家に帰れば察する所お父さんは和尚さんの言う事を聞かなかったからと言って自分を叱るにきまっている、だから家に行くのは恐いと思ったのです。其の時不図思い出したのは、十二哩《マイル》離れた隣村に、大層大きな寺があるという事でした。其の寺には大勢坊さんがいると前から聞いていたのです、そこで其の坊さん達の所へ行ってお弟子入りを頼もうと彼は心を決めたのでした。

さて其の大きな寺はもう閉め切ってあったのですが、子供は其の事を知らなかったのです。寺が閉された訳は、化物が坊さん達をおどかして追い出して仕舞い、自分が其処に住み込んで仕舞ったからです。幾人か気の強い侍達が其後化物を退治に夜其の寺に出かけた事もありました、けれども其の人達の生きた姿は二度と見られませんでした。そういう事を誰も其の子供に話した者は無かったのです。――そこで彼は村を指して遠い路を歩いて行きました、坊さん達にやさしく扱われればいいがと思いながら。

村に着いた頃はもう暗くなって、人は皆寝ていましたが、目貫の通りを外れた場末の丘にある大きな寺が彼の眼に止りました、それに寺の中に一つ明りが点いているのも見たのです。こういう話をする人達の言う事ですが、化物はよく明りをとぼして、頼り少い旅人共が泊りに來るように誘《おび》き寄せるのだそうです。子供は直ぐに寺に行って、戸を叩きました。中には何の音もしません。それから何遍もトントン叩きましたが、矢張り誰も出て來ないのです。しまいにそーっと戸を押して見ました、すると其処は締まってはいない事が解ったので彼は大喜びしました。そこで中に入って行きました、見ると明りがとぼっているのです、――でも坊さんは居りません。

彼は坊さんが直ぐ今にもやって来るだろうと思って、坐って待っていました。其の時気を付けて見るとどこもかしこも寺の中は埃で薄黒くなっていて、而も蜘蛛網が一杯懸っていました。そこで彼はこう考えました、坊さん達は部屋を綺麗にして置こうと思って、きっと喜んで小坊主の一人は置くに違いないと。何故坊さん達が何でもかでも埃だらけの儘にして置くのか彼には不思議に思えました。けれども、何より氣に入ったのは、猫を画くのに手頃の白い大屛風が幾つかあった事です。疲れてはいたのですが、彼は早速硯箱を探して、一つ見つけ出し、墨を磨って、猫を画き始めました。

彼は屛風の上にそれはそれは随分沢山の猫を画きました、画いて仕舞うと眠くて眠くてたまらなくなって来ました。眠ろうと思って屛風の傍に横になりかけた丁度其時です、不図彼は『広き所を避けよ、――狭きに留まれ』というあの言葉を思い出しました。

寺は大変広かったのです、彼は全く独りぽっちです、それで今此の言葉を思い出した時――言葉の意味はよく解らなかったけれど――始めて少し恐くなって来たのです。そこで『狭い所』を探して眠ろうという事に決めました。彼は滑戸の附いている小さい部屋を見つけ、其処へ行って、自分を閉め込んで仕舞ったのです。それから横になってグッスリ寝込みました。

夜も大分更けた頃大変な凄《すさま》じい音――闘ったり叫んだりする音――がして彼の眼を覚ましました。其の音は随分激しかったので彼は小部屋の隙間から覗く事さえ恐がったのです。恐ろしさに息を殺したまま、じーっと寝ていました。

寺に点いていた明りは消えました、けれども物凄い音は続いて、而も段々物凄くなって、寺中が揺れたのです。長い事経ってからひっそりしました、けれども子供は未だ動くのが恐かったのです。彼は朝日の光が小さい戸の隙間から射し込んで来るまで身動きしませんでした。

それから彼は隠れていた所からそーっと抜け出して、あたりを見廻しました。真先に眼に付いたのは寺の床がどこもかしこも血で一杯になっている事でした。次に彼の見たのは、其の真中に死んで横たわっている、途方もなく大きな、恐ろしい鼠――牛よりも大きな、化け鼠だったのです。

然し何人《だれ》が、それとも何物がそれを退治する事が出来たのでしょう。其処には人も居らねば他の動物もいませんでした。不図子供は眼を留めました、自分が前の晩に画いた猫という猫は皆其の口が血で赤く濡れているのです。さては自分の画いた猫共が此の化物を殺したのだなと彼は其の時悟りました。又、あの智恵のある老和尚が何故自分に、『夜は広き所を避けよ、――狭きに留まれ』と言って聞かせたかという事も、其の時始めて解ったのです。

其の後其の子供は大層名高い画工《えかき》になりました。日本に来る旅人達は今でも彼の画いた猫がいくつか見られます。

ねこ

谷崎潤一郎

○

動物中で一番の縹緻《きりょう》好しは猫族類でしょうね。猫、豹、虎、獅子、みんな美しい。美しいが、どれが一番いいかと云えば猫ですね。第一眼がいい、それから鼻の恰好が素的だ。獅子や虎や豹は、鼻筋が顔面に較《くら》べて少し長過ぎます。だから間がのびていてきりっとしたところがない。そこへ行くと猫の鼻は理想的です、長からず短からず、ほどよき調和を保って、眼と眼の間から、口もとへスーッとのびる線の美しさは何とも云えない。中でもペルシャ猫のが一等よろしい。あんなにキリッと引緊《ひきしま》ったいい顔をした動物が他にあるでしょうか。

あればそれは豹でしょう。豹は猫に最も近いようです。僕は豹を飼いたいと思っています。飼うなら豹ですよ。美しくてしなやかで、お上品で、宮廷楽師のように気取り屋で、そうかと思うと悪魔のように残忍である。好色で美食家で、飼えばきっと面白いにちがいありません。

○

しかし何といっても面白いのは猫ですね。犬はジャレつく以外に愛の表現を知らない。無技巧で単純です。そこへ行くと猫は頗《すこぶ》る技巧的で表情に複雑味があり、甘えかかるにも舐めたり、頬ずりしたり、時にツンとすねてもみたりして、緩急自在頗る魅惑的です。しかも誰かそばに一人でもいると、素知らぬ顔してすまし返っている。そして愛してくれる対手と二人きりになった時、はじめて一切を忘れて媚びてくる――媚態の限りを尽して甘えかかってくる、と云った風でなかなか面白い。それに夜なんか、机の脇に静物か何かのように、じいっと落ちついているのを見ると、如何にも静かで、心が自然に和んでくるようです。

○

犬ですか、犬は今四匹しかいません。セパードにグレーハウンドに、エアデルテリヤが二匹、近いうちに広東犬が二匹来ます。犬で思い出すのは泉鏡花君です。先生の犬嫌いは有名なものでしてね。去年僕の宅へ来た時も、門をくぐろうとしないで遥か向うから「オーイ谷崎君、犬を繋いで下さい、犬を――」と怒鳴ってるんです。かつて同氏が佐藤（春夫）に何かの原稿をお頼みになった時なんかも、「君の宅には犬が座敷に出入りするそうだが、どうか原稿を犬に嘗めさせないでほしい。ペロペロやられてると思うと、気持ちが悪くなって夢にうなされるから」って云って寄越したとか。また或る新聞社の頼みで東京何景かを書くのに、犬が恐ろしくて、新聞社から毎日犬の用心棒を附けて歩いたという挿話もあります。ところが佐藤や志賀さんと来たら全くその反対で、犬と云うと可愛ゆくて可愛ゆくてたまらない、泥足のまま座敷へ上げて、キリキリ舞いさせて楽しむといった調子です。が、僕はとてもああまでなれない。猫なら何ですが。妙ですね。

ねこ

ダマッテ居レバ名ヲ呼ブシ
近寄ッテ行ケバ逃ゲ去ルノダ
——かるめん

太宰治

空の蒼く晴れた日ならばねこはどこからかやって来て庭の山茶花の下で居眠りしている。洋画をかいている友人はペルシャでないかと私にたずねた。私はすてねこだろうと言うて置いた。

ねこは誰にもなつかなかった。

けさ私があさげの鰯を焼いていたら庭のねこがものうげに泣いた。私も縁側に出てにゃあと答えた。

ねこは起きあがって私の方へあるいて来た。私は鰯を一匹なげてやった。ねこは逃げ腰をつかいながらもたべたのだ。私の胸は浪うった。わが恋は容れられたり。私は庭へおりた。

せなかのしろい毛に触れるやねこは私の小指の腹を骨までかりりと噛み裂いた。

愛猫知美《ちび》の死

佐藤春夫

いつも年賀の客に伍してうすぎたない身でわがもの顔に横行していたことで、わが友人たちに見おぼえられ、また「猫と婆さん」の一作によって漱石の猫ほどではなくとも、とにかく天下の知遇を受けたわたくしの愛猫チビは、猫と婆さんの時は危く見えた一命をとりとめたが、その後、半年ばかりを（？）生きのびて今年の春寒のうちに、ついに大往生を遂げてしまった。回顧すれば、わたくしとの同棲、実に満十年と五十日ばかりでもあったろうか。

猫としても、あまり長くはない寿命らしいがまず定命ぐらいではあるまいか。ともかくも一生をわたくしのところで生き、わたくしのところで死んだのである。

もうすっかり老衰して、死ぬのが当然のようになってから死んだのであるが、わたくしはその死に顔、というよりもその死んだ形を見ているうちに、念仏の声が鼻につまり、ついに涙が落ちて来て、その朝から正午すぎまでは拭えども拭えども涙が出て困った。家内や猫の飼養係を自任しているお手伝いも哀悼の様子はあっても泣きはしないのに、わたくしひとりが、自分でもきまりがわるいほどに泣けてしかたがないのであった。

わたくしは七十年の生涯の間に、親も兄弟も子どもも、師匠も友人も、そのほか幾人かのさまざまな知人を亡くしたおぼえはあり、みなそれぞれに悲しみはしたが、生あるものは死あり、会うは別れのはじまりと知って、まだ一度も涙を流して人の死を歎いたことはなかった。母と弟との死は最も悲しく日を経てその悲しみが加わるような気はしながらも一度も泣かない。他の人々にくらべて、自分はちと不人情なのではあるまいかとも思い、医者のせがれで、幼少から病室の人々の死を幾度か見ているうちに死者に対する哀悼の感じがにぶくなったのではあるまいかとも思う。それでいて死という不可解なものに対する恐怖と不安とは幼少のころからあった。それでいて死者を傷み悲しむ感じがほとんどなかったのだから不思議である。

血族や精神的につながりの多い人も、わたくしの場合は多く、壮年時代に失ったためわたくしは悲しみに堪え忍ぶことができたのかも知れない。それにしてもやはり気の強いはなしだと思う。それが猫の死に対してだけがこんなに多くの涙がながれるのは自分でもどうしてもわからない。

わたくしの猫は決して美しいものでも珍しいものでもなく、そこらの野良猫のたぐいでのら猫なみにうすぎたなかったが、非常に賢い奴のように思えてわたくしはこれを愛していた。わたくしはバカなのは大きらいである。一人前に通用し、そのために当人が一人前のように思いあがっているバカ者と来ては最もやり切れない。ところが生憎と今日の日本では、いやいつの時代のどの国でもかも知れないが、そういうものが人間のなかの大部分を占めているのは実になさけないことである。そういうものを見慣れ、それにがまんしているわたくしにとって、わたくしのチビの如きはまことに貴重な存在のように思われて、わたくしはこれを愛していた。

その小さい時、わたくしはチビと一緒に戯れ遊び、やや大きくなるに及んでは、これをしつけた。恩威並び行うという方針で、大に愛しながらもきびしくしつけたので、わたくしがしつけを行いはじめると、彼はす早くわたくしの手をすりぬけて、庭にとび出して樹の枝などからわたくしを見おろしている。す早くて運動神経のある奴で、牡のくせによく鼠を取った。そうして一年ほどの間には台所に忍び込む奴は次々にのこらず捕えて屋内のものはみな殺しにしてしまった。そののちは庭に出てドブ鼠を追っかけていた。

ある時、庭で小鼠を捕えて弄んでいたが、小鼠はチビの爪をのがれ出て、庭の片隅の矢竹の藪のなかへ逃げ込んでしまった。チビは大がらだから密生した竹の間はくぐれないで外がわから逃がしてしまった小鼠を忌々しげに眺め入っているのであった。

利口な奴は、猫でも敢為《かんい》の気風はないと見えて、弱いのか、いつも傷を負うては家へ逃げ込んで来るのであった。そうして猫の恋のシイズンはもとより、年がら年中、家の外ばかり歩き廻って怪我をするか空腹にならなければ家に寄りつかない時期もあった。

「こいつ家を、病院か食堂と心得ているらしい」

と言ったものであったが、そのころ四五日はおろか、一週間以上も家にかえらぬことがあって心配していると、やつれたでもなく、夜来の雨に濡れた様子でもなく、のこのこ平然と雨のなかを家へ駆け込んで来ることがあった。さぞ空腹であろうと餌を与えさせるがガツガツたべるでもない。どこでどう暮していたものやら、猫はまことに魔性のものである。

猫というものは飼われる家のほか、近所に二三軒常に出入する家があって半分はその家で暮し、近所合壁を領野として四五軒の家で共同に飼われているものだと聞いたこともあったがそのとおりかも知れない。

そういう生活が彼の壮年時代であったが、そんな時でも飼われた家でなければ安眠だけはできないらしく、しばらくぶりで家にかえったのちには必ずどこかで正体もなく眠り込んでいるのであった。そういう時、声をかけてやるとまだ眠い時は知らぬ顔でねむりつづけながら、長い尻尾だけをある時は小さくある時は大きく動かして見せて返事に代えたものであったが、眠りの足りたあとだと手をのばして傍に立っているわたくしの着物の裾にじゃれかかり、わたくしが足で頭や腹などを撫でてやるのを喜び、もっと相手になってもらいたいと両手をのばしてじゃれかかり、以前のように一しょに戯れたいような様子はいつまでも子猫の時のようであった。

猫は美食家として聞えているが、チビは台所の自分の皿のものはいつも食べ残していた。いつもわたくしの方がおいしいものをたべていると思っていた様子で、必ずしもそうでもないのに、いつもわたくしの食事のそばに来て坐るので、わたくしも分けてやる習慣がつきわたくしの分けてやるものならマカロニーやバタのしみ込んだパンの切れっぱし、さてはシュークリームのクリームや皮までも喜んで食べた。わたくしが食卓にいるといつでも来て食事とお茶との区別もなかったのである。こうして台所の自分の皿の上にはまるで手のつかないままのや、半分かじっただけの鯵などがいつでもあったのを、近所のノラや半ノラがかぎつけて来ては、むしゃくしゃと貪り食っているところを見つけても、チビは追っ払おうともしない。むしろ自分の方で不気味がるのか、遠慮するのか逃げ出す様子は、まことに無類のお人よし（いやお猫よし？）であった。そのため近所の猫どもが我も我もと集り、群をなして庭や屋内をわがもの顔に出入し、チビのこういう人気のために、陋屋《ろうおく》はさながらの猫屋敷のようになって来て、なかにはわが家の物置小屋を産屋にしたのもあり、わが家で生れ育つのが毎年必ず五六匹はこのなかにまじってチビの恩恵に浴しているのであった。

はじめはお湯を使わせるのを喜んでいたのに、いつのころからかすっかりお湯をこわがり、むりに入れるとひっかいたり、あばれたり、もう取り押えて居られないほどに大きくなったし、いやがるものを無理強いすることもないとすてて置いた。それでお湯には全く入れなかったが、彼はそのうち浴室にそのいい寝床を見つけて浴槽のふたの上に長々と身を横たえて下からの温度を楽しんでいるのであった。彼は冬は温く夏は涼しいところを見つけるに驚くべき天分を持っていて、真夏の日中は、庭の凌霄花《のうぜんかずら》の太い幹のうねりくねって棚のようになったあたりに身をまるめて眠っていたし、また廊下の一ばん風通しのいい場所もよく知っていた。

お湯は使わせず、それに身だしなみが悪くて自分では顔を手でこする程度のことしかしないうえに所かまわず出歩いたり、ころがりまわったりするのでいつもよごれているところへ、年を取って毛の色つやが悪くなり、からだ一面の虎斑や殊に額から頸すじにかけて竪に平行して流れた縞の見事にうつくしかったのなども見えなくなって見るかげもない野良猫のようになってしまったため、かかりつけの猫医者どのが、同じ患家の人々から佐藤家の猫はどんなのかと問われても返答に困ると言うほどであった。

家畜は飼い主の鏡とやらいうが、風呂ぎらいも食べ残しに集るノラや半ノラを追っ払わないのも、わたくしの気風に似ているのかも知れない。ただし時を選ばず所を問わずほっつき歩くのは近ごろのわたくしには絶えてない風習でチビの独自のところである。わたくしは老来、最も謹厳に最も慎重なもしくは意気地なしの家庭生活者のつもりである。

一たい夏負けするたちで、先年の夏の末かひどく衰えて以来、その年の晩秋のころからだろうか、歯が残らず脱け落ちてしまっていた。一度たべたものをあたりへ吐き捨てるのを妙だと思ってみると、歯が一本も見えなかったのでそれ以来、わたくしは噛み砕いて与えるようにしていたが、わたくしの口もとばかり見るので、わたくしはほとんど自分で食べることもできず、口に入れて噛んだものをみな彼に与えるようになっていた。たまたま十分に噛まないものを与えると彼は自分で噛んでいることがあるので気をつけて見ると奥歯が一本のこっていたらしい。

非常に弱い奴でいつも怪我ばかりして帰ったが、猫は年を取らなければ強くならないと聞いて、チビも今にいくらか強くなるのかと思っていたが、一向にその様子もなく、たしか去年の晩秋の一夜はひどく悲鳴をあげているのがいるので、もしやチビではあるまいかと懐中電燈をかざして捜して見ると、果してチビが庭の隅の高い棕櫚の木のてっぺんへかけ上っているのを、その下にはどこの奴だか見るからギャングのような面がまえの大猫が棕櫚《しゅろ》の根もとで見上げているのを、ステッキを振りまわして追っ掃い、それを見てやっと途中まで下りてきたチビを抱いてつれて来てやったこともあった。

歯がすっかり抜けてしまってからでも、なお妻どいの場に出入して壮者たちと争っては負けていたものらしく、今年の早春などは左の眼に爪を立てられて来て悪くすると、これは眼をくり抜く手術でもしなければならないかも知れないと言われていたのがやっと手術をせずに治ったが、一時は片眼のチビになるのかとずいぶん心を傷めたものであった。そのころからであったろう。気味の悪いほど人なつっこくなって、いつもわたくしの膝にばかりよりかかって眠り、わたくしのあとを追うようになっていた。寒いからわたくしがいつも火に近くいるためだろうと解釈することもできるのだが、それにしても方三尺の炉のひろい周囲のうちわたくしは両側に雑書をつみ上げたなかに坐っている、そのわたくしと書物との窮屈なところを好み、時には狭っ苦しく感じるのかわたくしのお尻の方のややゆったりした場所へ長く腹這いに寝そべることがあった。

夜中、小便に起きたわたくしの足音を聞きつけて、どこかから現れ、わたくしが気づかずにいると鳴き声をして足もとにすり寄り、わたくしが用を足す間、待っていたが出てくるとまた足もとに身をすりつけ、さてすたすたと歩き出したので、どこへ行くかと思うと食堂のドアの前にすわってしばらくわたくしの顔とドアとを見くらべている。ははあこのなかで寝たくてわたくしにドアを明けてほしいと訴えているのだなと気がつき、ドアを明けてやると果して、さっさと室内に入ったが、ずんずん奥へ行ってから、片隅の高いところにある蠅入らずの方を見上げている。この部屋は近ごろ全く使わなくなって、わたくしは少しも様子を知らなかったが、チビの見上げた蠅入らずのなかには、彼の食料のためと見える小鯵中鯵が合せて五六尾皿にのっけて置かれていた。チビの奴、夜中に腹を空かせて帰りこれが食べたいのだろうと、なかの一尾を取って、チビの坐っている前へ置いてやると、むにゃむにゃいいながらすぐに食べてしまった。その後、四五日して、再び夜半のわたくしの足音を聞きつけてしたい寄ったから、またあれかと思って食堂のドアを明けこの間のように魚を投げてやったが、ちょっとくわえたきり食べもせずにほうり出したまま、見むきもせず、さっさと部屋を出て行くから、ついて行ってみると台所の出口の戸とわたくしの顔とを見くらべて坐っている。こいつおもてに用があるのかと、十分にしまりをした戸を隙けてやると隙間から飛び出して行ったものであった。

わたくしはチビの時々のこういうわたくしに対する行動を見ると仮りに唖《おし》の子供を持ったらこんなでもあろうかなどとも考えたものであった。チビにはまるで人間の子供ほどの智恵があるような気がしたのと、年久しく育ててわたくしのこの小動物に対する愛情がそれほどになっているのを知った。

チビの眼が最近ひどく脂をためているような気がして時々ひどく汚れているのをわたくしは幾度となく拭いてやった。別にいやがるでもなかった。そのうちいよいよひどくなるので、いつかくり抜こうといった眼ではないかと考えたが、それとは別で右の目である。何にせよまた猫医者どのに診察してもらわなくては、と見せると奥歯の抜けたあとが歯槽膿漏になり、その膿が目の方へ出るのである、猫の顔は短くて奥歯の根と目とはつづいているのだという話でペニシリン注射をして帰ったというが、その翌日は目からひどく膿が出て目も歯槽膿漏ももう四五回も注射すればなおるだろうという話であった。

そういう病苦の間にも彼はなお出歩きをやめないで、いつの間にあったやら頭のてっぺんに爪を立てられたことがあったらしく、額の上が親指の爪ほど禿げ上りその中心に爪あとの傷があった。それを撫でてみるとあたりの毛が黄いろく禿げて行くのであった。あの美しい縞の中央部なのである。飼育係のお手伝いもそれを傷ましく思ったか聞いたらしく、お医者が、

「そんなことはありませんよ、また生えてきますよ」

と言って居るのがわたくしのところまで漏れ聞えていた。しかしチビの頭の毛はもう生

えて来なかった。生えてくるまで待たなかったからである。

歯槽膿漏のせいでもあろうが、チビの一時は異常なほどの食慾が全く無くなったらしいので、卵や牛乳など流動食になって、それさえも食べたり食べなかったりになり、わたくしのところへはただそばに寝そべりに来るだけで食事の時に坐りに来ることはなくなった。

猫は元気なうちはいつも高いところに寝ることを好むものだが、うすぐらく狭っくるしいところへぺったりと身を伏せたような形で寝そべる時には元気がないのである。先年の秋の病気の時もそうであったが、それはそのはずで、高いところに身を置くのは、彼らの攻撃の態勢であり、低く身を伏せて狭いところを好んで身を置くのは、彼らが全く戦闘力を失って敵の襲撃を避けている状態だということは、のちになって思い当ったところで、猫が飼い主から身をかくして死ぬというのも身の安全な場所を求めて彷徨しているうちに死ぬわけなのであろう。

しかしわがチビの場合は、一般に言われているところや、また婆さんがいつもよく彼に言って聞かしていたとおり、

「チビや死ぬ時はよそでこっそりと死んでおくれよ。死んだところを見るのはかわいそうでいやだからね」

と言ったにもかかわらず家のなかで死んだものであった。

その死の前後のチビはまことに不思議であった。そのころ彼にはわたくしたち飼主の言葉がすべてよくわかるようになっていたと見え彼の噂をして彼の名が出るたびに、寝たように見えていた彼が一々顔をもたげてわれわれの方をのぞいて見るのであった。本来は潔癖で特別に下性《げしょう》がよく、若いころは病中でも一々庭に下りてでなくては大小便をしなかったのが、死ぬ半月ばかり前あたりには、ぼけてしまったのか、横着になったのか、一度は応接間の座ぶとんの上に固いころころしたのを二つばかりころがしていたことがあった。だいぶん元気の衰えが見えて来ていたし、わたくしもむかしのようにきびしく打つようなこともできず、ただわたくしのそばに近よろうと部屋に這入りかけたところを

「このバカ、何をしたのか、老いぼれめ、むかしのいいしつけまでわすれたのか」

と叱った語気に感じたかのように、入りかかった入口を引きかえしてすごすごと出て行ったうしろ姿が今も目に浮んでふびんでならない。

また一度は二階のトイレに入り込んで、その床のうえにこの時も固い大便をころがしていたが、床の隅に立ててあったトイレットペーパーを倒して、それを長く引っぱり出して自分の便をかくそうとしたかのようにそのうえにかぶせていたという。まるでもう半バケ猫のようになっていると、みんなで話したことであった。

それから死ぬ三四日前には、聞けば朝のうちから何も食べないで出て行ったというので

心配しているとちょうどいつものとおりわたくしが食卓についた時、部屋の外でめずらしく元気に美しい声でなく猫が来た。近所の猫でこんな声をするのがいるので、それだろうかと思ったが、近所のはわたくしの部屋の外までは来ないから、やはりチビが帰って来たのであろうと障子を隙けさせてみると、それをすり抜けて入って来たのがやはりチビであった。今までついぞチビからは聞いたこともなかったような美声であったのが今でもふしぎでならない。

一声鳴いて障子をあけさせると、いきなりすりぬけて入ったチビは、こたつやぐらと雑書の山との狭いところをすり抜け、わたくしの膝の上を乗り越えてわたくしの座の左脇に寝そべった。わたくしはちょうど茶碗むしのなかの鶏のささ身を食べていたから、朝から何も食べてなかったと聞いていたし、ちょうど夕餉の刻に来たのだから、てっきりいつものとおり食べたくなって来たのだとばかり思い込んで、よく嚙み砕いたのを掌の上にのっけてチビの名を呼ぶが首ももたげないでいるのがじれったく首すじをつまみ上げて鶏肉をのっけた掌をチビの鼻の尖へ出してやったがさらに見向こうともしない。うす暗くてよく見えないのでもあろうと、いつも彼が坐ってたべる場所までつまみ上げて置きその前に置いてやったがやはり食べない。わたくしはもう一度つまみ上げてやさしく抱き上げてやればよかったものを、なき声があまり元気であったために病気とも気づかず、いつもチビが好んで寝そべるわたくしの背後のやや広いあたりへ置いたつもりが勢あまって、そのわきにあった鉄の灰皿に当ったらしい音がして、それでも直ぐわたくしの左脇の方へ腹這いに寝てしまった。その様子があまりぐったりしているので食卓の隣わきにいた家内が、様子がへんだと言い出したから、わたくしがチビの顔をもち上げのぞき入るとうつろなまなざしを大きく見開いて何の反応もない。いかにも変だが死んでいるとも見えないと思っているところへ、もうほとんど全快しているが念のためにもう一二回と言っていたいつもの猫医者どのの来診があったので、これを幸と御手伝いをよんで猫を医者どのに運ばせ、全然食欲もないと言わせると、

「心臓が少し衰弱している」

といつものペニシリンのほかにカンフルの注射もしたが、カンフルはあまり奏効した様子もないが、今すぐどうということもない。

「あしたの朝また来てみましょう」

と帰ろうとするところへ家内が出てうちで死ぬのを見るのはかわいそうで困るから病院へつれて行ってくれと言ったが、

「その方がお金もたくさんいただけるわけですが、猫は家につくもので場所が変るとそのショックのためにさえ死ぬことがあるものです、かえってかわいそうだからお預かりはし

ません。温くしてうす暗いところへ置いてやって下さい」

とお医者はそう言い残して帰った。そんな重態とも気づかず食べたがりもしないものを食べさせようと手荒なことをしたのがかわいそうで心臓の病勢にもさわったような気がしてならない。しかし翌朝もその翌日も昏睡状態で飼養してよくなついた人が呼びかけても尻尾を動かすでもなく、ただ力ない声でかすかに呻き答えただけであったというが、四日目の夕方、少し心臓が活溌になったらしいと言っていたがそれが最後の活力であったらしく、その翌朝起きて死んだという報告を聞いたので起きて行ってみると、ダンボールの小箱のなか一杯に永眠したチビは洗濯のために出して置いたわたくしの股引のまるまって高くなったところに生前よくわたくしの膝に手をかけていたと同じように片手をかけていた。色つやのぬけた腹の上には、たぶん家内のしわざであろう庭に咲き出していた草花が二輪ほどのっけてあった。それは三月二十四日偶然にも父の祥月命日に当る日の夜明の死であった。

ちょっと片手をわきに置いて格別苦しんだ様子も見えない姿であったのに、それを見た時から涙がこぼれ出してやまず、称名をやっと十声申しただけでわたくしはいつものわが座席に来て、隣に来てねむるチビはもういなくなったのだと思うと涙が流れてやまなかったのである。

その夕方わたくしは、愛児を誘拐された末に殺される人の親さえあるのにたかが猫が死んだぐらいで、こう泣いてはそんな人々に申しわけがないと考えて、もう泣くまいと決心をし、それでもなお悲しいので、

春寒のわが膝に倚り眠りしを

という一句を手向けて明日、猫医者どのが来て死骸を処理してくれるのを待つことにした。庭の隅にでもと思ったが、それではかえっていつまでも思い出すという意見もあって深大寺の万霊塔に葬ってもらうことになった。取扱いには上中下あって上が一万円、中が五千円、下が三千だか二千だか、そこには池田首相の猫も上で葬られていると聞いて、立派な猫でこそなけれ池田氏に劣らぬ愛情をそそいだチビだから、やはり上等に取扱われなければ気がすまない。

「お役に立たなくてすみません」

とあいさつしながらお医者はつれて来た万霊塔の人といっしょにチビを遠く運び去ったあと、チビというようなやすっぽい名ではなく、せめては知美とでも書いて葬ってやればよかった、などとも思う。

片掌の上にのるほどの大きさでせがれの外套のポケットに入れられて来て捨てられるところを育てて十年以上、そうして医者にまでかけて死なせたのだから思い残すことはある

まいと言われてはそのとおりだけれどもやはり悲しい。

どうしてこう悲しいのであろうか。悲しみを忘れるために、わたくしはその理由を考えてみた。

人間はどれほど親密な間柄と言ってもそれぞれの世界を別に持っている。そうしてどこかほんの一部で互に接触したり重なり合っている円なのだ。それにくらべると犬猫などの場合はすっぽりと内部に納ってしまう同心円みたいなものではないだろうか。それに猫の心持などは少しもわからないからその一挙一動はみな、こちらが、好き勝手に解釈し理解しているのだから、これは猫の生活というよりは、むしろ自分自身の心持だ。自分の十年間の生活の一部で、それが失われたのがすなわちチビの死なのだから、他の人間の死よりは悲しまれるのも当然のような気がする。

そののち、今年の春は雨が降りつづいたり雪の日もあった。もしチビが家を出て行ってあんな元気のない状態のままで幾日も帰って来なかったとすれば、こんな氷雨のなかをどこでどう死んだろうかといつまでも心残りであったろう。帰って来て死んだのをせめてものなぐさめとすべきではあるまいか。

しかし家にはいつまでも庭にも屋内にもどこの隅々にもチビの影がうごめきうろついている。

もう一月以上もたってたかが猫一匹がどうしても忘れられない。この始末を書いてしまったらさっぱりするだろうと書き出したが、昨夜今日書くべきことをまた思い出したら悲しくなって泣いた。そうして涙のうちに考えた――

百年の後にわたくしが極楽に行くと虎斑で爛爛たる眼をした小虎のような立派な猫がわたくしの向う脛を抱いてじゃれかかり飛退こうとするほど驚くと、

「わたしです。チビですよ。いろいろと親切にお世話になりました」とチビもここでは人語を語り出して「『わしと同じ日にここへ来た仲間だしせがれのところにいてせがれのこともよく知っている』とあなたのお父さんに可愛がっていただきここではお父さまの猫になっているのですよ」

とも言うのであった。

猫の事務所

……ある小さな官衙《かんが》に関する幻想……

宮沢賢治

軽便鉄道の停車場のちかくに、猫の第六事務所がありました。ここは主に、猫の歴史と地理をしらべるところでした。

書記はみな、短い黒の繻子《しゆす》の服を着て、それに大へんみんなに尊敬されましたから、何かの都合で書記をやめるものがあると、そこらの若い猫は、どれもどれも、みんなそのあとへ入りたがってばたばたしました。

けれども、この事務所の書記の数はいつもただ四人ときまっていましたから、その沢山の中で一番字がうまく詩の読めるものが、一人やっとえらばれるだけでした。
事務長は大きな黒猫で、少しもうろくしてはいましたが、眼などは中に銅線が幾重も張ってあるかのように、じつに立派にできていました。
さてその部下の
一番書記は白猫でした、
二番書記は虎猫でした、
三番書記は三毛猫でした、
四番書記は竈猫《かまねこ》でした。
竈猫というのは、これは生れ付きではありません。生れ付きは何猫でもいいのですが、夜かまどの中にはいってねむる癖があるために、いつでもからだが煤《すす》できたなく、殊に鼻と耳にはまっくろにすみがついて、何だか狸《たぬき》のような猫のことを云うのです。
ですからかま猫はほかの猫には嫌われます。
けれどもこの事務所では、何せ事務長が黒猫なもんですから、このかま猫も、あたり前ならいくら勉強ができても、とても書記なんかになれない筈《はず》のを、四十人の中からえらびだされたのです。
大きな事務所のまん中に、事務長の黒猫が、まっ赤な羅紗《らしや》をかけた卓《テーブル》を控えてどっかり腰かけ、その右側に一番の白猫と三番の三毛猫、左側に二番の虎猫と四番のかま猫が、めいめい小さなテーブルを前にして、きちんと椅子にかけていました。

ところで猫に、地理だの歴史だの何になるかと云いますと、
まあこんな風です。

事務所の扉《と》をこつこつ叩くものがあります。

「はいれっ。」事務長の黒猫が、ポケットに手を入れてふんぞりかえってどなりました。

四人の書記は下を向いていそがしそうに帳面をしらべています。

ぜいたく猫がはいって来ました。

「何の用だ。」事務長が云います。

「わしは氷河鼠《ひょうがねずみ》を食いにベーリング地方へ行きたいのだが、どこらがいちばんいいだろう。」

「うん、一番書記、氷河鼠の産地を云え。」

一番書記は、青い表紙の大きな帳面をひらいて答えました。

「ウステラゴメナ、ノバスカイヤ、フサ河流域であります。」

事務長はぜいたく猫に云いました。

「ウステラゴメナ、ノバ……何と云ったかな。」

「ノバスカイヤ。」一番書記とぜいたく猫がいっしょに云いました。

「そう、ノバスカイヤ、それから何!?」

「フサ川。」またぜいたく猫が一番書記といっしょに云ったので、事務長は少しきまり悪そうでした。

「そうそう、フサ川。まああそこらがいいだろうな。」

「で旅行についての注意はどんなものだろう。」

「うん、二番書記、ベーリング地方旅行の注意を述べよ。」

「はっ。」二番書記はじぶんの帳面を繰りました。「夏猫は全然旅行に適せず。」するとどういうわけか、この時みんながかま猫の方をじろっと見ました。

「冬猫もまた細心の注意を要す。函館附近、馬肉にて釣らるる危険あり。特に黒猫は充分に猫なることを表示しつつ旅行するに非《あらざ》れば、応々黒狐《くろぎつね》と誤認せられ、本気にて追跡さるることあり。」

「よし、いまの通りだ。貴殿は我輩のように黒猫ではないから、まあ大した心配はあるまい。函館で馬肉を警戒するぐらいのところだ。」

「そう、で、向うでの有力者はどんなものだろう。」

「三番書記、ベーリング地方有力者の名称を挙げよ。」

「はい、ええと、ベーリング地方と、はい、トバスキー、ゲンゾスキー、二名であります。」

「トバスキーとゲンゾスキーというのは、どういうようなやつらかな。」

「四番書記、トバスキーとゲンゾスキーについて大略を述べよ。」

「はい。」四番書記のかま猫は、もう大原簿のトバスキーとゲンゾスキーとのところに、みじかい手を一本ずつ入れて待っていました。そこで事務長もぜいたく猫も、大へん感服したらしいのでした。

ところがほかの三人の書記は、いかにも馬鹿にしたように横目で見て、ヘッとわらっていました。かま猫は一生けん命帳面を読みあげました。

「トバスキー酋長《しゅうちょう》、徳望あり。眼光炯々《けいけい》たるも物を言うこと少しく遅しゲンゾスキー財産家、物を言うこと少しく遅けれども眼光炯々たり。」

「いや、それでわかりました。ありがとう。」

ぜいたく猫は出て行きました。

こんな工合《ぐあい》で、猫にはまあ便利なものでした。ところが今のおはなしからちょうど半年ばかりたったとき、とうとうこの第六事務所が廃止になってしまいました。というわけは、もうみなさんもお気づきでしょうが、四番書記のかま猫は、上の方の三人の書記からひどく憎まれていましたし、ことに三番書記の三毛猫は、このかま猫の仕事をじぶんがやって見たくてたまらなくなったのです。かま猫は、何とかみんなによく思われようといろいろ工夫をしましたが、どうもかえっていけませんでした。

たとえば、ある日となりの虎猫が、ひるのべんとうを、机の上に出してたべはじめようとしたときに、急にあくびに襲われました。

そこで虎猫は、みじかい両手をあらんかぎり高く延ばして、ずいぶん大きなあくびをやりました。これは猫仲間では、目上の人にも無礼なことでも何でもなく、人ならばまず鬚《ひげ》でもひねるぐらいのところですから、それはかまいませんけれども、いけないことは、足をふんばったために、テーブルが少し坂になって、べんとうばこがするするっと滑って、とうとうがたっと事務長の前の床に落ちてしまったのです。それはでこぼこではありましたが、アルミニュームでできていましたから、大丈夫こわれませんでした。そこで虎猫は急いであくびを切り上げて、机の上から手をのばして、それを取ろうとしましたが、やっと手がかかるかかからないか位なので、べんとうばこは、あっちへ行ったりこっちへ寄ったり、なかなかうまくつかまりませんでした。

「君、だめだよ。とどかないよ。」と事務長の黒猫が、もしゃもしゃパンを喰べながら笑って云いました。その時四番書記のかま猫も、ちょうどべんとうの蓋《ふた》を開いたところでしたが、それを見てすばやく立って、弁当を拾って虎猫に渡そうとしました。ところが虎猫は急にひどく怒り出して、折角かま猫の出した弁当も受け取らず、手をうしろに廻して、自棄《やけ》にからだを振りながらどなりました。

「何だい。君は僕にこの弁当を喰べろというのかい。机から床の上へ落ちた弁当を君は僕に喰えというのかい。」

「いいえ、あなたが拾おうとなさるもんですから、拾ってあげただけでございます。」

「いつ僕が拾おうとしたんだ。うん。僕はただそれが事務長さんの前に落ちてあんまり失礼なもんだから、僕の机の下へ押し込もうと思ったんだ。」

「そうですか。私はまた、あんまり弁当があっちこっち動くもんですから……………」

「何だと失敬な。決闘を………」

「ジャラジャラジャラジャラン。」事務長が高くどなりました。これは決闘をしろと云ってしまわせない為に、わざと邪魔をしたのです。

「いや、喧嘩するのはよしたまえ。かま猫君も虎猫君に喰べさせようというんで拾ったんじゃなかろう。それから今朝云うのを忘れたが虎猫君は月給が十銭あがったよ。」

虎猫は、はじめは恐い顔をしてそれでも頭を下げて聴いていましたが、とうとう、よろこんで笑い出しました。

「どうもおさわがせいたしましてお申しわけございません。」それからとなりのかま猫をじろっと見て腰掛けました。

　みなさんぼくはかま猫に同情します。

　それから又五六日たって、丁度これに似たことが起ったのです。こんなことがたびたび起るわけは、一つは猫どもの無精なたちと、も一つは猫の前あし即《すなわ》ち手が、あんまり短いためです。今度は向うの三番書記の三毛猫が、朝仕事を始める前に、筆がポロポロころがって、とうとう床に落ちました。三毛猫はすぐ立てばいいのを、骨惜みして早速前に虎猫のやった通り、両手を机越しに延ばして、それを拾い上げようとしました。今度もやっぱり届きません。三毛猫は殊にせいが低かったので、だんだん乗り出して、とうとう足が腰掛けからはなれてしまいました。かま猫は拾ってやろうかやるまいか、この前のこともありますので、しばらくためらって眼をパチパチさせて居ましたが、とうとう見るに見兼ねて、立ちあがりました。

　ところが丁度この時に、三毛猫はあんまり乗り出し過ぎてガタンとひっくり返ってひどく頭をついて机から落ちました。それが大分ひどい音でしたから、事務長の黒猫もびっくりして立ちあがって、うしろの棚から、気付けのアンモニア水の瓶《びん》を取りました。ところが三毛猫はすぐ起き上って、かんしゃくまぎれにいきなり、

「かま猫、きさまはよくも僕を押しのめしたな。」とどなりました。

今度はしかし、事務長がすぐ三毛猫をなだめました。

「いや、三毛君。それは君のまちがいだよ。かま猫は好意でちょっと立っただけだ。君にさわりも何もしない。しかしまあ、こんな小さなことは、なんでもありゃしないじゃないか。さあ、ええとサントンタンの転居届けと。ええ。」事務長はさっさと仕事にかかりました。そこで三毛猫も、仕方なく、仕事にかかりはじめましたがやっぱりたびたびこわい目をしてかま猫を見ていました。

こんな工合《ぐあい》ですからかま猫は実につらいのでした。

かま猫はあたりまえの猫になろうと何べん窓の外にねて見ましたが、どうしても夜中に寒くてくしゃみが出てたまらないので、やっぱり仕方なく竈《かまど》のなかに入るのでした。

なぜそんなに寒くなるかというのに皮がうすいためで、なぜ皮が薄いかというのに、それは土用に生れたからです。やっぱり僕が悪いんだ、仕方ないなあと、かま猫は考えて、なみだをまん円な眼一杯にためました。

けれども事務長さんがあんなに親切にして下さる、それにかま猫仲間のみんながあんなに僕の事務所に居るのを名誉に思ってよろこぶのだ、どんなにつらくてもぼくはやめないぞ、きっとこらえるぞと、かま猫は泣きながら、にぎりこぶしを握りました。

ところがその事務長も、あてにならなくなりました。それは猫なんていうものは、賢いようでばかなものです。ある時、かま猫は運わるく風邪を引いて、足のつけねを椀《わん》のように腫《は》らし、どうしても歩けませんでしたから、とうとう一日やすんでしまいました。かま猫のもがきようといったらありません。泣いて泣いて泣きました。納屋の小さな窓から射し込んで来る黄いろな光をながめながら、一日一杯眼をこすって泣いていました。

その間に事務所ではこういう風でした。

「はてな、今日はかま猫君がまだ来んね。遅いね。」と事務長が、仕事のたえ間に云いました。

「なあに、海岸へでも遊びに行ったんでしょう。」白猫が云いました。

「いいやどこかの宴会にでも呼ばれて行ったろう。」虎猫が云いました。

「今日どこかに宴会があるか。」事務長はびっくりしてたずねました。猫の宴会に自分の呼ばれないものなどある筈《はず》はないと思ったのです。

「何でも北の方で開校式があるとか云いましたよ。」

「そうか。」黒猫はだまって考え込みました。

「どうしてどうしてかま猫は、」三毛猫が云い出しました。「この頃《ごろ》はあちこちへ呼ばれているよ。何でもこんどは、おれが事務長になるとか云ってるそうだ。だから馬鹿なやつらがこわがってあらんかぎりご機嫌《きげん》をとるのだ。」

「本とうかい。それは。」黒猫がどなりました。

「本とうですとも。お調べになってごらんなさい。」三毛猫が口を尖《とが》らせて云いました。

「けしからん。あいつはおれはよほど目をかけてやってあるのだ。よし。おれにも考えがある。」

そして事務所はしばらくしんとしました。

さて次の日です。

かま猫は、やっと足のはれが、ひいたので、よろこんで朝早く、ごうごう風の吹くなかを事務所へ来ました。するといつも来るとすぐ表紙を撫でて見るほど大切な自分の原簿が、自分の机の上からなくなって、向う隣り三つの机に分けてあります。

「ああ、昨日は忙がしかったんだな。」かま猫は、なぜか胸をどきどきさせながら、かすれた声で独りごとしました。

ガタッ。扉《と》が開いて三毛猫がはいって来ました。

「お早うございます。」かま猫は立って挨拶しましたが、三毛猫はだまって腰かけて、あとはいかにも忙がしそうに帳面を繰っています。ガタン。ピシャン。虎猫がはいって来ました。

「お早うございます。」かま猫は立って挨拶しましたが、虎猫は見向きもしません。

「お早うございます。」三毛猫が云いました。

「お早う、どうもひどい風だね。」虎猫もすぐ帳面を繰りはじめました。

ガタッ、ピシャーン。白猫が入って来ました。

「お早うございます。」虎猫と三毛猫が一緒に挨拶しました。

「いや、お早う、ひどい風だね。」白猫も忙がしそうに仕事にかかりました。その時かま猫は力なく立ってだまっておじぎをしましたが、白猫はまるで知らないふりをしています。

ガタン、ピシャリ。

「ふう、ずいぶんひどい風だね。」事務長の黒猫が入って来ました。

「お早うございます。」三人はすばやく立っておじぎをしました。かま猫もぼんやり立って、下を向いたままおじぎをしました。

「まるで暴風だね、ええ。」黒猫は、かま猫を見ないで斯《こ》う言いながら、もうすぐ仕事をはじめました。

「さあ、今日は昨日のつづきのアンモニアックの兄弟を調べて回答しなければならん。二番書記、アンモニアック兄弟の中で、南極へ行ったのは誰《たれ》だ。」仕事がはじまりました。かま猫はだまってうつむいていました。原簿がないのです。それを何とか云いたくっても、もう声が出ませんでした。

「パン、ポラリスであります。」虎猫が答えました。

「よろしい、パン、ポラリスを詳述せよ。」と黒猫が云います。ああ、これがぼくの仕事だ、原簿、原簿、とかま猫はまるで泣くように思いました。

「パン、ポラリス、南極探険の帰途、ヤップ島沖にて死亡、遺骸《いがい》は水葬せらる。」一番書記の白猫が、かま猫の原簿で読んでいます。かま猫はもうかなしくて、かなしくて頬《ほほ》のあたりが酸っぱくなり、そこらがきいんと鳴ったりするのをじっとこらえてうつむいて居《お》りました。

事務所の中は、だんだん忙しく湯の様になって、仕事はずんずん進みました。みんな、ほんの時々、ちらっとこっちを見るだけで、ただ一ことも云いません。

そしておひるになりました。かま猫は、持って来た弁当も喰べず、じっと膝に手を置いてうつむいて居りました。

とうとうひるすぎの一時から、かま猫はしくしく泣きはじめました。そして晩方まで三時間ほど泣いたりやめたりまた泣きだしたりしたのです。

それでもみんなはそんなこと、一向知らないというように面白そうに仕事をしていました。

その時です。猫どもは気が付きませんでしたが、事務長のうしろの窓の向うにいかめしい獅子の金いろの頭が見えました。

獅子は不審そうに、しばらく中を見ていましたが、いきなり戸口を叩いてはいって来ました。猫どもの愕《おど》ろきようといったらありません。うろうろうろうろそこらをあるきまわるだけです。かま猫だけが泣くのをやめて、まっすぐ立ちました。

獅子が大きなしっかりした声で云いました。

「お前たちは何をしているか。そんなことで地理も歴史も要《い》ったはなしでない。やめてしまえ。えい。解散を命ずる。」

こうして事務所は廃止になりました。

ぼくは半分獅子に同感です。

愛撫

梶井基次郎

猫の耳というものはまことに可笑《おか》しなものである。薄べったくて、冷たくて、竹の子の皮のように、表には絨毛《じゅうもう》が生えていて、裏はピカピカしている。硬いような、柔らかいような、なんともいえない一種特別の物質である。私は子供のときから、猫の耳というと、一度「切符切り」でパチンとやって見たくて堪《たま》らなかった。これは残酷な空想だろうか？

否。全く猫の耳の持っている一種不可思議な示唆《しさ》力によるのである。私は、家へ来たある謹厳な客が、膝へあがって来た仔猫の耳を、話をしながら、しきりに抓《つね》っていた光景を忘れることが出来ない。

このような疑惑は思いの外に執念深いものである。「切符切り」でパチンとやるというような、児戯に類した空想も、思い切って行為に移さない限り、われわれのアンニュイのなかに、外観上の年齢を遥《はる》かにながく生き延びる。とっくに分別の出来た大人が、今もなお熱心に――厚紙でサンドウィッチのように挟んだうえから一と思いに切ってみたら？――こんなことを考えているのである！　ところが、最近、ふとしたことから、この空想の致命的な誤算が曝露《ばくろ》してしまった。

元来、猫は兎のように耳で吊り下げられても、そう痛がらない。引張るということに対しては、猫の耳は奇妙な構造を持っている。というのは、一度引張られて破れたような痕跡が、どの猫の耳にもあるのである。その破れた箇所には、また巧妙な補片《つぎ》が当っていて、全くそれは、創造説を信じる人にとっても進化論を信じる人にとっても、不可思議な、滑稽な耳たるを失わない。そしてその補片が、耳を引張られるときの緩《ゆる》めになるにちがいないのである。そんな訳で、耳を引張られることに関しては、猫は至って平気だ。それでは、圧迫に対してはどうかというと、これも指でつまむ位では、いくら強くしても痛がらない。さきほどの客のように抓って見たところで、極く稀《まれ》にしか悲鳴を発しないのである。こんなところから、猫の耳は不死身のような疑いを受け、ひいては「切符切り」の危険にも曝《さら》されるのであるが、ある日、私は猫と遊んでいる最中に、とうとうその耳を噛んでしまったのである。これが私の発見だったのである。噛まれるや否や、その下らない奴は、直ちに悲鳴をあげた。私の古い空想はその場で壊れてしまった。猫は耳を噛まれるのが一番痛いのである。悲鳴は最も微《かす》かなところからはじまる。だんだん強くするほど、だんだん強く鳴く。Crescendo のうまく出る——なんだか木管楽器のような気がする。

私のながらくの空想は、かくの如くにして消えてしまった。しかしこういうことにはきりがないと見える。この頃、私はまた別なことを空想しはじめている。

それは、猫の爪をみんな切ってしまうのである。猫はどうなるだろう？　恐らく彼は死んでしまうのではなかろうか？

いつものように、彼は木登りをしようとする。——出来ない。人の裾を目がけて跳びかかる。——異《ちが》う。爪を研《と》ごうとする。——なんにもない。恐らく彼はこんなことを何度もやってみるにちがいない。その度にだんだん今の自分が昔の自分と異うことに気がついてゆく。彼はだんだん自信を失ってゆく。もはや自分がある「高さ」にいるということにさえブルブル慄《ふる》えずにはいられない。「落下」から常に自分を守ってくれていた爪がもはやないからである。彼はよたよたと歩く別の動物になってしまう。遂にそれさえしなくなる。絶望！　そして絶え間のない恐怖の夢を見ながら、物を食べる元気さえ失せて、遂には——死んでしまう。

爪のない猫！　こんな、便《たよ》りない、哀れな心持のものがあろうか！　空想を失ってしまった詩人、早発性痴呆《ちほう》に陥った天才にも似ている！

　この空想はいつも私を悲しくする。その全き悲しみのために、この結末の妥当であるかどうかということさえ、私にとっては問題ではなくなってしまう。しかし、果して、爪を抜かれた猫はどうなるのだろう。眼を抜かれても、髭《ひげ》を抜かれても猫は生きているにちがいない。しかし、柔らかい蹠《あしのうら》の、鞘のなかに隠された、鉤《かぎ》のように曲った、匕首《あいくち》のように鋭い爪！　これがこの動物の活力であり、智慧《ちえ》であり、精霊であり、一切であることを私は信じて疑わないのである。

　ある日私は奇妙な夢を見た。

　X——という女の人の私室である。この女の人は平常可愛い猫を飼っていて、私が行くと、抱いていた胸から、いつも其奴《そいつ》を放して寄来すのであるが、いつも私はそれに辟易《へきえき》するのである。抱きあげて見ると、その仔猫には、いつも微かな香料の匂いがしている。

　夢のなかの彼女は、鏡の前で化粧していた。私は新聞かなにかを見ながら、ちらちらその方を眺めていたのであるが、アッと驚きの小さな声をあげた。彼女は、なんと！　猫の手で顔へ白粉《おしろい》を塗っているのである。私はゾッとした。しかし、なおよく見ていると、それは一種の化粧道具で、ただそれを猫と同じように使っているんだということがわかった。しかしあまりそれが不思議なので、私はうしろから尋ねずにはいられなかった。

「それなんです？　顔をコスっているもの？」

「これ？」

夫人は微笑とともに振向いた。そしてそれを私の方へ抛《ほう》って寄来した。取りあげて見ると、やはり猫の手なのである。

「一体、これ、どうしたの？」

訊《き》きながら私は、今日はいつもの仔猫がいないことや、その前足がどうやらその猫のものらしいことを、閃光《せんこう》のように了解した。

「わかっているじゃないの。これはミュルの前足よ」

彼女の答は平然としていた。そして、この頃外国でこんなのが流行《はや》るというので、ミュルで作って見たのだというのである。あなたが作ったのかと、内心私は彼女の残酷さに舌を巻きながら尋ねて見ると、それは大学の医科の小使が作ってくれたというのである。私は医科の小使というものが、解剖のあとの死体の首を土に埋めて置いて髑髏《どくろ》を作り、学生と秘密の取引をするということを聞いていたので、非常に嫌な気になった。何もそんな奴に頼まなくたっていいじゃないか。そして女というものの、そんなことにかけての、無神経さや残酷さを、今更《さら》のように憎み出した。しかしそれが外国で流行《はや》っているということについては、自分もなにかそんなことを、婦人雑誌か新聞かで読んでいたような気がした。——

猫の手の化粧道具！　私は猫の前足を引張って来て、いつも独笑いをしながら、その毛並を撫でてやる。彼が顔を洗う前足の横側には、毛脚の短い絨氈《じゅうたん》のような毛が密生していて、なるほど人間の化粧道具にもなりそうなのである。しかし私にはそれが何の役に立とう？　私はゴロッと仰向きに寝転んで、猫を顔の上へあげて来る。二本の前足を掴んで来て、柔らかいその蹠《あしのうら》を、一つずつ私の眼蓋《まぶた》にあてがう。快い猫の重量。温かいその蹠。私の疲れた眼球には、しみじみとした、この世のものでない休息が伝わって来る。

仔猫《こ》よ！　後生だから、しばらく踏み外《はず》さないでいろよ。お前は直ぐ爪を立てるのだから。

猫と蟻と犬

梅崎春生

どうも近頃身体がだるい。なんとなくだるい。身体の節々が痛んだりする。身体だけでなく、気分もうっとうしい。季節のせいかも知れないとも思う。仕事のために机の前に坐ろうとすると、膝や尾底骨あたりの神経が突然チクチクと痛み出してくる。だから余儀なく机を離れると、痛みは去る。そんなふしぎな神経障害がある。仕事をするなというのだろう。

ジェローム・K・ジェロームの『ボートの中の三人』という小説がある。その中で主人公がある日、医書か何かを読んでいると、あらゆる病気が自分にとりついているのを発見する件《くだ》りがある。私の場合も、新聞雑誌などで売薬の広告を見るたびに、その大半が私の症状にぴったり適していることを発見してギョッとするのである。あまたの売薬が私から買われるのを待ちこがれている如きだ。

と言って、あらゆる売薬を買い込む資力は私にはないし、そこで一切の広告には眼をつぶることにして、胃が痛ければセンブリ、腸が悪ければゲンノショーコ、そんな具合にもっぱら漢方薬にたよっているが、漢方薬は効能が緩慢なせいか、まだはっきりした効果はあらわれないようだ。しかしこれらの漢方薬のにおいを私は近頃好きになってきた。あのにおいは私をしっとりと落着かせ、かつ心情を古風にさせる。私小説でも書きたいな、という気分を起させる。今書きつつあるこの文章も、漢方薬のにおいの影響が充分にあるようだ。

そんなある日、年少の友人の秋山画伯が訪ねて来た。そして私の顔を見ていきなり言った。

「顔色があまり良くないじゃありませんか」

「うん。どうも身体がだるいんだ」

そこで私は私の症状をくわしく説明した。その間秋山君は黙ってじろじろと私の顔を観察していた。

「漢方薬なんかじゃ全然ダメです！」私が説明し終ると、秋山君は断乎として宣言した。

「あんた近頃雨に濡れたことがあるでしょう」

「うん。そう言えば一箇月ばかり前、新宿で俄か雨にあって、濡れ鼠になったことがあるよ」

「そうでしょう。きっとそうだと思った」秋山君は腹立たしげに指をパチリと鳴らした。「新宿なんかで濡れ鼠になるなんて、そんなバカな話がありますか。そんな時にはパチンコ屋に入るんですよ。そうすれば雨に濡れずにすむし、暇はつぶせるし、それに煙草が沢山稼げるし――」

「うん。でも僕はパチンコにあまり趣味を持たないもんだから」

秋山君は大へんなパチンコ好きで、そしてこの私をもパチンコ党に引き込もうとの魂胆で、ある日一台の古パチンコ台を私の家にえっさえっさとかつぎ込んできた。店仕舞のパチンコ屋から三百八十円で買って来たものだと言う。同好者を殖やそうというところは、パチンコもヒロポンに似ているようだ。私はそのパチンコ台を縁側に置き、一週間ばかり毎日ガチャンコガチャンコとやってみたが、一向に面白くない。秋山君の期待に反して、むしろパチンコに嫌悪を感じるようになったほどである。パチンコ屋に入るくらいなら、まだしも雨に濡れて歩く方がいい。第一あのパチンコ屋の地獄のような騒がしさは、頭が痛くなる。私はおそるおそる言った。

「やっぱりあの時の雨に濡れて、潜在性の風邪でもひいたのかな」

「そうじゃありませんよ。そんな暢気なことを言ってる」秋山君はあわれみの表情で私を見た。「放射能ですよ」

「放射能？」

「ええ、そうですよ。ビキニの灰ですよ。ビキニの灰が雨に含まれて、それがあんたの身体にしみこんだんですよ」

「本当かい、それは」

私は少々狼狽を感じてそう言った。

「本当ですとも。近頃の病院に行ってごらんなさい。白血球減少の患者がぞろぞろやって来ますから。今どきの雨に平然と濡れて歩くなんて、よっぽど世間知らずだなあ。僕の家でも放射能雨が漏ってくると大変だから、屋根をすっかり修繕したくらいですよ」

秋山君の家というのは、彼が三年ほど前買い込んだ古家で、見るからに雨が漏りそうな家だ。この家はまことに変った家で、金を出して買い取ったとは言うものの、まだ所有者は秋山君の名義になっていない。杉本という人の名義になっている。その杉本某はどうしているか。数年前に詐欺か何かをはたらき、そのまま逃走、目下どこにいるかさっぱり判らない。その間に第三国人が介入していたりして、金を出したのは秋山君だが、その家は秋山君の所有とはきっぱり断じ切れないという大変入りくんだ関係になっている。このことは別に小説に書いたから、ここでは省略するけれど、要するにこうなったのも秋山君が世間知らずであったからだ。その世間知らずの秋山君から、世間知らずだなあ、と嘆息されて、私は心中ますます狼狽を感じた。しかし表面だけはさり気なく、

「でも、僕が雨に濡れたのは、その日だけだよ。それで僕が放射能にあてられたとすれば、毎日のように濡れている人、たとえば郵便配達人やソバ屋の出前持ちなんか、もっとひどくやられそうなもんじゃないかね」

「そう思うのが素人のあさましさです」と秋山君は自信ありげに断定した。「あんたは放射能と白血球の関係について、何も知らんようですな。白血球というやつはどこで製造されるか。これは肝臓で製造される。いいですか」

したがって肝臓の弱い者は、ちょっとした放射能にもすぐに影響されて、その機能を弱められ、白血球の生産高ががた落ちとなる。というのが秋山君の論理であって、どうもいささかあやふやだと思ったが、念の為にも一度訊ねてみた。

「しかし君は、僕の肝臓は弱っているという仮定の上に立って、論議をすすめているようだが――」

「仮定じゃありませんよ。事実ですよ」と秋山君は私をにらみつけるようにした。「あん

なに毎晩酒を飲んで、肝臓が正常であるわけがないじゃありませんか。そういうのを心臓が強いというのです」

肝臓が弱くて心臓が強けりゃ世話はない。

「それじゃあ訊ねるけれども、肝臓というのはどこにあるんだね？」

すると今度は秋山君がやや狼狽の色を見せて、両掌で自分の身体をぐるぐると撫で回すような仕草をした。まるで肝臓のありかを探し求めるような具合にだ。きっと肝臓の正確な位置を知らなかったに違いない。だから私は追い打ちをかけるように言葉をついだ。

「それに雨に濡れるのは人間だけじゃない。牛馬は言うに及ばず、鳥や虫なども濡れっぱなしだろう。それなのにピンピン生きてるのは変な話じゃないか」

「動物だって弱ったり死んだりしてますよ」秋山君は元気をとり戻した。「あんたもちゃんと調べたわけじゃないでしょう。大弱りしていますよ。現にカロだって、近頃めっきり元気がなくなったです」

「え。カロが？」

カロというのは私の家の歴代の猫の名で、三代目までつづいて若死にしたものだから、もう飼うのはよそうと思っていたところ、秋山君がその系譜の断絶を惜しみ、わざわざ自分の家の仔猫をバスケットに入れ、私の家にかつぎ込んできた。すなわち四代目カロというわけである。パチンコ台だの仔猫だの、よく色んなものをかつぎ込みたがる男だ。私の家に来て以来、カロはめきめきと大きくなった。憎たらしいほど肥ってきた。

秋山君の話では、このカロの母親は素姓正しい猫で、それ故カロにも充分にシツケがほどこしてあるとのことだったが、どうもそうとは思えない。毛並みは黒ブチで、器量もそれほど優秀ではなかった。性格は歴代のカロのうちで一番ひねくれていて、子供の手をひっかいたり噛みついたりする。子供の方では遊ぶつもりで抱いたりかかえたりするのだが、その手をカロがひっかき噛みつく。協調の精神というものが全然無いのだ。そしてひっかきの効果を絶大ならしめるためか、毎日縁側や戸袋に爪を立てて磨いている。だからうちの子供の顔や手足には爪あとの絶えたためしがなかった。

そんなに爪を磨いて、それなら鼠をとるかと言うと、これは全然とらない。鼠がそこらでごとごと音を立てても、聞き耳を立てることすらしない、どうも鼠をとることが我が家に利益をあたえる、そのことを知っていて、わざと鼠をとらないのではないかと思われる節がある。ではどういうものをとるかと言うと、トカゲ、蛾、モグラなど。そんなものをとったって、うちでは一向に有難くない。迷惑するばかりである。モグラなんか地中にもぐっているからこそモグラと言うのだろうが、それをどういう方法でつかまえるのか、ちゃんとくわえてのそのそと縁側に上ってくる。モグラの死骸は実に醜怪な感じがするものであるから、私を始め家人一同悲鳴を上げて逃げ回る。逃げ回る私たちをカロは快心の微笑をうかべながら追っかけるのだ。こうなるともうどちらが主人か判らない。我が家に在任中にカロはモグラを五匹ほどとった。

そしてカロは、良く言えば野心的、悪く言えばバカなうぬぼれ猫で、庭に降り立つ雀をねらうのだ。植込みのかげにかくれていて、雀がやって来るとパッと飛びつくのだが、さすがに雀の飛び立つ方が早くて、一度もつかまえたためしがない。雀には羽根があるが、カロには羽根がない。飛び立った雀を追って、カロは手あたり次第の庭樹のてっぺんまでガリガリとかけのぼる。これでカロは雀を空中まで追っかけたつもりなのである。たいていの猫なら、四五度そんなことをやったら諦めるものだが、カロは諦めない。性こりもなく雀をねらって植込みのかげにひそんでいる。なんという愚か猫であろうと思うのだが、この私にしても宝くじが発売されるたびに、今度こそは二百万円ぐらい当ててやろうとセッセと買い込んでいるから、あまりカロを笑えた義理でもない。万一雀をつかまえたら、私はそれを取り上げて焼鳥にしてやろうと空想していたが、とうとうカロは一羽もとらず仕舞いであった。

カロの罪状のうちで最大のものは、火鉢の中に大便を排泄することであった。これには家中が大迷惑した。砂を入れた木箱が台所の土間においてあるにもかかわらず、カロは火鉢に排泄する。もちろん火鉢に炭火が入っている時は、排泄しない。排泄しようとすれば火傷するからである。空火鉢の中の排泄物は灰にくるまっているから、うっかりするとわからない。そこでそのまま炭火を入れたりするとたいへんだ。炭火で熱せられた猫の糞がどんなにおいを発するか、これは経験者でないと判らないだろう。あのにおいは確かに人間に極端な厭世観をうえつけるようだ。まさしく絶望的なにおいである。それが家の中だけでなく、戸外にまでただよう。ある時このにおいをかいで、我が家の庭で仕事していた植木屋さんが、脚立からすってんころりんと落っこちて足首をネンザした。

だから火鉢に火がない時は、折畳み式の碁盤をひろげて蓋をするようにしたが、時にはそれを忘れることもある。忘れたらもう最後で、その忘れの瞬間をカロは耽々とねらっている。よほどカロの尻は灰に執着しているらしい。さらに悪いことには、やがてカロは火鉢から折畳み碁盤を引きずり落す方法を習得してしまったのだ。引き落されないためにオモシが必要となってきたわけだ。カロは肥っていて力もあるから、『小説新潮』を五冊や六冊乗っけても、もろともに引きずり落してしまう。ついに思い余って家族会議を開き、カロを捨てることに衆議一決した。

そしてある夜、私はカロを風呂敷につつんで、うちから一町ほど離れた神社の境内に捨てに行った。もちろんカロは相当の抵抗をこころみ、風呂敷のすきまから前脚を出して、私の手の甲をひっかき出血せしめたが、私はそれに屈せず境内にたどりつき、カロを遺棄して一目散に走って帰ってきた。早速手の傷を手当して、ささやかな祝杯を上げた。そこまではよかったけれども、翌朝起きて見ると、縁側の一隅にカロが平然とうずくまり、しきりに爪をといでいたのである。私は半分がっかり、半分怒りがめらめらと燃え上った。「おい、カロが戻っているよ」と私はどなった。「よし。今晩は絶対に戻って来れないところに捨ててきてやる」

その夜の私のいきごみは大へんなものであった。先ず荒れ狂うカロを風呂敷に包みこみ、さらにそれを買物籠の中に入れ、夜の八時頃我が家を出発、約一時間近くぶら下げて歩いた。カロの帰巣感覚を狂わせるためにあっちへ曲ったりこちらに折れたりしたので、直線距離にすればそれほどのことはなかったかも知れない。とにかく静かな住宅地帯に来たから、私はとある一軒の住宅の塀ごしに、買物籠もろともエイヤッと投げ、また一目散に走ったまではよかったが、あんまり紆余曲折したために私の帰巣感覚まで狂ってしまって、とうとう私自身が道に迷ってしまった。行人や交番に道を聞き聞き、やっと家にたどりついたのは、もう十一時過ぎである。家中のものが心配して、起きて私を待っていた。「もう大丈夫だ」と私は皆に説明した。「途方もなく遠いところの人の家の庭にほうりこんで来たから、もう戻ってくる気遣いはない」

「買物籠と風呂敷は？」

「そんなの一緒くたにほうり込んでやったよ」

「そりゃ困る。あの風呂敷にはうちの名が入ってるのよ」

「あ、そうか」

と私は自分の手違いに気がついたが、もうやってしまった以上は仕方がない。そこでそれはそれとして、またその夜も祝杯をあげた。どうも嬉しいにつけ悲しいにつけ酒ということになる傾きがある。

ところがこの度も、翌々日の昼頃カロは舞い戻ってきた。庭の生垣をくぐって、矢のように縁側に飛び上ってきた。見ると尻尾をいつもの三倍ぐらいにふくらませている。猫という動物は恐怖におそわれると、尻尾をふくらませる習性があるのだ。帰り着くまでにさまざまの恐怖や苦難に遭遇したにちがいない。

「また戻ってきやがったよ」と私は嘆息した。「もうこうなったら仕方がない。カロを捨てるより、火鉢を片づけることにしましょう。その方がかんたんだ」

そろそろ火鉢も不要な季節になっていたから、押入れの中に奥深くしまいこんだ。カロは二三日火鉢を求めてあちこち探し歩いているようだったが、たかがネコ智慧だから押入れの奥とは気がつかなかったらしい。まもなく諦めたようである。

しかしカロを継続して飼おうと翻意したのも束の間で、それから一週間ほど経ったある日、カロがまた事件をひきおこした。よその鶏におそいかかって、これを負傷せしめたのである。

その鶏は近所のどこで飼っているのかつまびらかにしないが、雄大な雄鶏であって、身の丈も二尺はゆうにある。散歩を趣味とするらしく、私の庭にも時々やってくる。私の庭をあちこち傲然と歩き回って、しきりに何かを食べているから、一体何を食っているのだろうと眺めてみると、蟻を食っている。蟻を食う鶏なんか始めて見た。蟻は蟻酸と言って酸性であるらしいから、それを食べるところを見ると、きっと胃酸欠乏症か何かにかかっているのだろう。

しかし無闇に蟻を食われては私もすこし困るのだ。

私の庭には蟻が沢山いて、種類も四種類、それぞれの場所に巣をつくっている。花壇をかこむ石の下に住んでいるのが大型の蟻、ボタンの木の下に中型の蟻、門柱のところに小型の蟻、それから肉眼で見えないような超小型の赤蟻が縁の下あたりに住んでいる。この超小型には私は興味がない。あまり小さ過ぎるから、興味を持ちようがないのだ。あとの三種類の生態にはそれぞれ興味がある。生態そのものより、それをかまうことに興味がある。

蟻の巣というものは複雑な構造を持っているようで、大中小そのどれでもいいが、穴のひとつにストローをさしこみ、煙草の煙をふうっと吹き入れると、他の穴のすべて、飛んでもない遠くの小さな横穴からも、モヤモヤと煙が立ちのぼる。上野駅の地下道よりも複雑な構造を持っているらしいのだ。蟻というやつは水は嫌うようだが、煙草の煙には割に平気である。

しかし蟻の穴にジョウゴを立てて水を流し入れる遊び、これは全然面白くない。バケツ一杯の水を使ってもあふれることはなく、平然と吸い込むだけだからだ。内部では蟻や卵や食物が水びたしとなり、大あわてしているだろうが、それが目で見えないから面白くない。

砂場の砂をフルイでこして、細かい砂だけをえらび、それを穴に流し入れるのは、これは面白い。穴が大きくてもすぐにいっぱいになるのもあるし、小さくてもいくらでも砂が入るのがある。これをやると蟻たちは大あわてして、表に出ているやつは右往左往して復旧工事にとりかかる。内部のもそうだろう。そしてものの二時間も経たぬ間に、砂はすっかり処分されて、元の穴の形になっている。実際蟻の勤勉ぶりには驚く。中にはあまり勤勉でないやつもいるけれども。

ボタンの下の中型の蟻の巣にむかって、私は砂を詰め、復旧されると見るや直ちに砂を詰め、二日にわたって十数回砂攻撃を試みたことがある。するとさすがに蟻たちもつくづく考えたと見え、縦穴式のやつを全部横穴式に変えてしまった。横穴式のやつは砂を入れても入口にたまるだけで、奥には入って行かないのだ。

とにかく蟻というやつは、退屈してるのか必要に迫られているのか、しょっちゅう巣の整備をやっている。新規に穴をあけたり、またつぶしてみたり、営々と働いている。こういう労働の現場、すなわち穴の近くに、砂糖をひとつまみ置いてやる。そうするとたちまち蟻の個々の性格があらわれてくる。

第一の型は砂糖があると知っていながら、全然見向きもせずせっせと働くやつ。

第二は労働を全然放棄して砂糖に頭をつっこんでなめるやつ。

第三はその中間のやつで、ちょっと砂糖をなめては働くやつ。

以上の三つの型がある。この間も砂糖をやって眺めていたら、穴の中からひときわ頭の大きい蟻が一匹這い出して来て、おどろいたことには、砂糖に頭をつっこんでいる連中に飛びかかり、ひとつひとつ嚙み殺してしまった。私は蟻の生態について学問的には何も知らないけれども、見た限りでは、この蟻は憲兵的役割を持っているらしかった。こんなのがいては蟻の世界もあまり住みよくなさそうである。

大、中、小の蟻たちは我が庭において、大体縄張りをさだめて闘争はしないようであるが、これを人工的に喧嘩させることは出来る。たとえば花壇の石をめくり、その下にたむろしている大蟻たち（羽根をもったやつもいる）をすばやくシャベルですくい上げ、大急ぎでボタンの木の下に運ぶ。中型蟻の穴の近くにおくと、大蟻たちは突然の環境の変化に大狼狽、右往左往して中蟻の穴の中に這い込むやつもいる。すると中蟻たちは敵が来襲してきたとかん違いして、そこで猛烈なとっくみ合いや嚙み合いが始まるのだ。ふつうの考えからすると、大型のが強そうだが、なにしろ大蟻は狼狽しているし、ホームグラウンドではないし、それに中蟻の方は無数に穴からくり出して来る。大蟻一匹に対して中蟻は三匹も四匹もかかるから大へんである。またたく間に敵味方の死屍ルイルイということになり、逃げる奴は逃げ、そして事は落着する。羽根をもったやつは戦闘力は全然持たない。そこらをウロチョロした揚句に嚙み殺されるか、あるいはブーンと飛び立ってどこかに逃げてしまう。私は蟻の羽根はあれは飾りだとばかり思っていたが、実際に飛ぶ。かなりの飛翔力を持っているようだ。

この人工的喧嘩は、大を中に、中蟻を門前の小蟻にはこんだ場合には成立するが、逆の場合はあまり成立しにくいのだ。たとえば中蟻を大蟻の穴にはこぶと、中蟻はもう動顚《どうてん》して、戦わずして四散して逃げてしまう。万一大蟻の穴に這い込もうとしても、番兵蟻に一コロで殺されてしまう。とても喧嘩にはならない。

私の見た限りでは、我が家の蟻で一番封建的なのは大型蟻である。封建的と言っても見た感じだけなのだが、一例をあげると大型蟻は必ず穴の入口に番兵を置いている。巣の表玄関とでも言うべき大きな穴には常時五匹ぐらい、あとは穴の大きさに応じて三匹とか一匹とか、それぞれの員数を配置している。中型蟻と小型蟻は、時々番兵らしきものを見かけるが、常任番兵はいないようだ。大型にくらべて若干民主的な感じがする。民主的と言っても憲兵みたいなのがいるわけだから、比較しての話だ。

蟻についてはまだまだ書くことがあるけれども、はてしがないから止めにする。とにかくこの愛すべき蟻たちを、近所の雄鶏がつつきに来る。うちの子供たちはこの雄鶏にオートバイというあだ名をつけた。ふつうの鶏を自転車だとすると、これはオートバイぐらいに堂々としているからである。このオートバイにむかって、ある日カロが飛びかかった。

オートバイはよそもののくせに、我が家の庭を横柄に我がもの顔で闊歩する、そのことをカロはかねてから面白く思っていなかったらしい。それを今まで放っておいたのは、オートバイがあまりにも堂々としているし、また油断やすきが見出せなかったのだろう。その日はオートバイはすこし油断をしていた。あたりを見回してもカロの姿は見えなかったからである。見えぬも道理、カロは柿の木の上にのぼっていた。だからオートバイは安心して蟻をつつき散らしていた。

そのオートバイめがけて、カロは柿の木を逆落しにかけ降りて、背後から飛びかかったのだ。けたたましい鳴声やうなり声が交錯して、羽毛が飛び散り、脚がすばやく動き、そしてオートバイが戦闘体制をとり戻した時は、もうカロは縁の上にサッとかけのぼっていた。すばやく一撃をあたえて、サッと反転したわけである。オートバイはあちこち爪を立てられ、脚も負傷したらしく、びっこを引きながら生垣をくぐって退却して行った。

庭に散らばった羽毛は、子供たちがよろこんで拾い集め、帽子のかざりにした。

私は秋山君に手紙を書いた。カロの今までの罪状と、ついにその被害は家の中だけでなく、近所の鶏にも及んだこと。この度は鶏の負傷だけですんだが、もし将来嚙み殺すような事態が起きれば損害賠償ということにもなりかねない。そうすれば困るのは私である。そこで申し憎いことだがカロをお返ししたいと思うが、都合は如何、ということを問い合わせてやった。前に二度捨てに行ったことは、秋山君に悪いから伏せて置いた。

秋山君はそれから三日目に訪ねて来て呉れた。もう即座に引取る気で、古バスケットをぶら下げている。私を見てすぐに言った。

「カロがそんな悪事を仕出かしましたか」

「そうなんだよ。これもひとえに僕の不徳のいたすところかも知れないが」

「そうでしょうな。もともと素姓の正しい猫なんだから」秋山君は憮然たる表情をした。

「じゃ、とにかく引取りましょう」

そこで私は秋山君を招じ上げ、そえもののカツオブシがわりと言うわけではないが、一席の宴を張って秋山君を歓待した。宴果てて秋山君はカロをバスケットに押し込み、タクシーに乗って帰って行った。儀礼上タクシー代は私が受持った。秋山君の家は私の家と十キロ以上離れているし、しかも夜のタクシーだから、カロの帰巣感覚も相当に狂ったらしい。作戦が図に当ったわけだ。

以下は秋山君が話して呉れたのだが、その夜タクシーを降りて家につき、バスケットを開いたところ、カロは矢庭に外に飛び出して、秋山君の家の周囲をぐるぐると七八回回ったという。この新しい家の形や大きさ、そんなものをはかると同時に、方向感覚を調整するためだったらしい。秋山夫妻が黙ってそれを見ていると、カロは闇をにらんでしきりに小首をかたむけていたが、やがて思い決したように西南の方角めがけて走り出し、またたく間にその姿は闇に没してしまった。私の家は秋山家から大体西南方に当るのである。

しかしカロはついに私の家には姿をあらわさなかった。一週間目に再び秋山家に戻って来た。行けども行けども私の家が見当らないものだから、諦めて秋山家に戻ることにしたらしい。げっそりと痩せて、折からの雨に濡れ鼠になっていたそうである。秋山君は早速縁側に上げて、タオルで全身をふいてやり、ミルクを飲ませてやると、やっと人心地（？）がついてニャアと啼いた。すなわちこれで秋山家に飼われたいと意志表示をしたのである。

ところが秋山家にはもう一匹猫がいる。マリと言って雌猫で、カロの母親にあたるのだ。カロとちがって大へん小柄で、こんな小柄な猫からカロみたいな大猫がよく生れたと思われるほどだ。カロは生後直ぐ我が家に来たのだから、マリを自分の母親とは知らないらしい。またマリの方も、カロを倅とは思っていないようだ。猫なんてまことに薄情な動物だから、そんなものだろう。

で、秋山家は猫が二匹になった。二匹になったからには、食事も二倍要る。それをどういう具合にして与えるかというと、大きな皿に二匹分一緒に盛って台所に置いてやると、先にマリの方が食べ始める。カロはすこし離れたところに坐って、マリが食べ終るのをじっと待っている。マリが食べたいだけ食べて皿を離れると、その残りをカロがいただくということになる。カロが先に食べるということは絶対にない。体力はカロの方が強そうだが、マリにひたすら遠慮しているのだ。食う量もマリが皿の三分の二ほども食べてしまうから、カロは残る三分の一、すなわちマリの半量というわけだ。

「やはり放射能のせいですな」秋山君は確信あり気に言った。「あんたの家に戻ろうと、一週間も街をさまよったでしょう。あの一週間は相当に雨が降った。それで濡れ鼠になり、すっかり放射能にしみこまれたんですな。だから食量も少く、すっかり元気がなくなったです」

「その逆で食量が少いから、元気が出ないんじゃないかね」と僕は反問した。

「そうじゃありませんよ。そんなに空腹なら、マリを押しのけても食べる筈です」

「やはりマリに遠慮してるんだよ。猫というものは人につくものでなく、家につくものらしいからね。家につくからには、どうしてもその家の先任猫に勢力があるんじゃないかな」

「そんなことはありません」秋山君は頑強に言い張った。「どうしたって放射能ですよ。あんたも気をつけたがいい。世田谷区産の野菜は特に放射能が強いという話ですからね」

「そんなものかな」私は半信半疑でうなずいた。秋山君の意気ごみに圧倒されたような形である。


そう言えば他にもやや不思議なことがある。うちにエスという飼犬がいて、どこからか迷い込んできたのをそのまま飼っているのだが、これが近頃元気がない。エスの住居は私の家の玄関脇で、その犬小屋も秋山君がつくって呉れた。なかなか堂々たる板小屋で、入口に『梅崎エス』という表札までかかっている。堂々たると言っても、犬小屋のことだから、中は一部屋である。次の間つきというわけには行かない。

このエスが二箇月ほど前から、妙に神経質となり、とくに花火の音を怖がるようになった。近くの商店街などで景気づけに花火を上げる。するとエスはあわてふためいて泥足のまま家の中に上ってくる。一部屋だけの犬小屋の中でじっとしているのが怖いらしいのだ。この犬も割に大柄で、それに恐怖にかられているから、家から外に押し出すのには一苦労する。足をつっぱって出まいとするのを、首輪を持って引きずり出さねばならない。とても女子供には出来ない仕事で、もっぱら私の役目になっている。

この間私が不在の時に花火が上って、エスはのこのこと縁に上ってきた。それから泥足のまま座敷に入り、床の間にでんと坐り込んで、押せども引けども動かない。蝿叩きでピシピシ叩いても頑として動かず、二時間も坐り込んでいたそうだ。間もなく私が帰って来て、力まかせに外に放り出してしまったが、何故そんなに花火の音を怖がるのか判らない。放り出すと哀しそうな目付きで私を見て、こそこそと犬小屋の中に入って行った。「どうも犬の癖に花火を怖がるなんてダラシがなさすぎる」と私は半分怒って言った。「花火が怖いようじゃ、とても泥棒や押売りよけにならないぞ。抵抗療法でその臆病癖を矯正してやる」

私はそこで街に行って、鼠花火を二十個ばかり買って来た。一個五円である。それからエスの首輪をクサリでつなぎ、クサリの別の端を竹の垣根に結びつけた。エスは不安そうに私の動作を上目使いでうかがっている。お前の臆病癖を治すためにこんなことをやるのだ、と私はエスに言い聞かせて、おもむろに鼠花火を三個地面に置いた。エスは判っているのか判っていないのか、おどおどした眼でそれを見ている。家中の者は縁側に立って眺めていた。人間だって気が狂えば、電気ショックというべらぼうな療法をほどこされるのだ。鼠花火如きは荒療治の中に入らない。二十個ぐらいも鳴らしたら、エスもその音に慣れてしまうだろう。そういう算段であった。

私はマッチをすり、三個いっぺんに火をつけた。すると三個は三方に飛び散り、シュシュシュシュと火をふきながら、コマ鼠のようにキリキリ舞いを始めた。エスはそれを見て愕然としたように一声ほえ、懸命に走り出そうとしたが、クサリで垣根につながれている。その垣根の竹がポキッと折れる音がした。そのとたんにキリキリ舞いしていた鼠花火の一つが、ちょっと宙に浮き上ったと思うと、おそろしい勢いで私のズボンの裾に飛び込み、私の脛毛を焼いてパパンと破裂した。

縁側から見物していた家人たちの言によると、その瞬間私は大声を立てて三尺ばかり飛び上ったそうである。

エスは折り取った垣根の一部もろとも、一目散に表の方に逃げて行った。

私はよろめきながら縁側に腰かけ、ズボンをまくり上げた。鼠花火は脛《すね》にはいのぼり、それからふくら脛《はぎ》に回って破裂したらしいのだ。見る見るそこらの皮膚が赤く腫れ上ってくる。皆がしんけんな表情でそこをのぞきこんだ。

「は、はやく油薬を持ってこい」と私は呶鳴った。「早くしないと俺は死んでしまう」

急いで持って来た油薬を塗りながら、家人が言った。

「まあ、まあ、こんなに火ぶくれになって、さぞかし熱かったでしょう」

「熱いのなんのって、世界の終りが来たかと思ったぐらいだ」と私は言った。「そ、そんなに乱暴に塗るんじゃない。皮がやぶれてしまうじゃないか」

結局この火傷が治るのには二週間という日時が要った。全治二週間の火傷というわけだ。残りの十七個の鼠花火は、腹が立って仕様がないから、近所のドブ川の中にたたきつけてやった。エスに対する抵抗療法もそれっきりだ。結局こんな療法を思いついたばかりに、私はひどい火傷を負い、垣根はこわされたという勘定になる。引きあった話ではない。

だからエスは今でも花火が上ると、依然として家宅侵入してくる。そこで近頃では犬小屋にクサリでつなぎ、家に侵入出来ないようにしているが、それでも花火がつづけざまにポンポン上ると、エスはもう身も世もなくなるらしく、あの重い犬小屋を引きずって右往左往する。

秋山君に聞けば、これも放射能のせいだと言うに違いない。

オートバイはカロから襲撃されて以来、我が家の庭に姿をあらわさないようである。では、蟻たちは幸福であるかと言うと、このところ長雨がつづいたせいか、晴間にも表にあまり出て来ない。数も少しは減少したのではないかと思う。蟻なんていうものは、地面の下に巣をつくる関係上、雨が降れば雨はその巣にしみこむだろう。すると蟻の数が減ったのは放射能のせいでないとは、私も断言出来ないのである。もっとも蟻に肝臓があるかどうかは、寡聞にして私も知らない。

透明猫

海野十三《うんのじゅうざ》

崖下《がけした》の道

いつも通りなれた崖下を歩いていた青二《せいじ》だった。

崖の上にはいい住宅がならんでいた。赤い屋根の洋館もすくなくない。

崖下の道の、崖と反対の方は、雑草《ざっそう》のはえしげった低い堤《つつみ》が下の方へおちこんでいて、その向うに、まっ黒にこげた枕木《まくらぎ》利用の垣《かき》がある。その中にはレールがあって、汽車が走っている。

青二は、この道を毎日のように往復する。それは放送局に働いている父親のために、夕食のべんとうをとどけるためだった。したがって、青二の通るのは夕方にかぎっていた。

その日も青二は、べんとうを放送局の裏口の受付にとどけ、守衛の父親から鉛筆を一本おだちんにもらい、それをポケットにいれて、崖下の道を引っかえしていったのである。

あたりはもう、うすぐらくなっていた。

まだ春は浅く、そしてその日は曇っていて、西空に密雲がたれこみ、日が早く暮れかけていた。

青二は、すきな歌を、かたっぱしから口笛で吹いて、いい気持で歩いていった。

そのとき、道ばたで、「にゃーお」と、猫のなき声がした。

青二は猫が大好きだった。この間まで、青二の家にもミイという猫がいたが、それは近所の犬の群れにかこまれて、むざんにもかみ殺されてしまった。青二はそのとき、わああと泣いたものだ。ミイが殺されてから、青二の家には猫がいない。

「にゃーお」また猫は、道ばたで鳴いた。崖下の草むらの中だった。

青二は口笛を吹くのをやめて、猫の鳴き声のする方へ近づいた。

が、猫の姿は見えなかった。どこへにげこんだのだろうと思っていると、また「にゃーお」と猫はないた。

青二はぎくりとした。というのは、猫のないたのは彼が草むらの方へ顔をつきだしているそのすぐ鼻の先ともいっていいほどの近くだったからである。

しかも、猫の姿は見えなかった。

青二は、うしろへ身をひいて、顔色をかえた。ふしぎなこともあればあるものだ。たしかに猫のなき声がするのに姿が見えないのである。

「にゃーおん」猫はまたないた。青二は、ぶるっとふるえた。彼は、あることを思いついたのだ。

（これはひょっとすると、死んだミイのたましいがあらわれたのではないだろうか）

死人のたましいが出てくる話は、いくどもきいたことがある。しかし死んだ猫のたましいが出てきた話は、あまりきいたことがなかった。でも、今はそうとしか考えようがないのだった。

「おいミイかい」

青二は、思いきって、ふるえる声で、そういって、声をかけた。

「にゃーお」返事が、同じところからきこえた。

「あっ！」青二は、おどろきの声をあげて、その場にすくんでしまった。というわけは、彼はそのとき、草の上に二つの光るものがういているのを見つけたからである。

それはなんだか、えたいの知れないものだった。ただぴかぴかと光って、行儀《ぎょうぎ》よく二つがならんでいた。大きさはラムネのガラス玉を四つ五つあわせたぐらいあって、全体はうす青く、そしてまん中のところが黄色で、そのまた中心のところが黒かった。

（目玉のようだが、いったいなんだろう）

とたんに、また「にゃーおん」とあまえるような声がきこえた。たしかにその二つの玉のすぐそばから声が出たようである。

青二は、こわいはこわいが、その光った二つの正体を見きわめないではいられなかった。そこで、彼は勇気を出して、草むらの中へふみこむと、両手でその玉をぎゅっとつかもうと――。

「うわっ」青二は、いそいで手を引くと、その場にとびあがった。玉をつかむ前に、掌《てのひら》が、ごそごそとする毛のようなものにふれたからであった。

よっぽどそのへんでやめて、逃げだそうと思ったけれどもともと青二は、ものずきなたちだったから、ふみとどまった。そしてもう一度、その二つの玉の方へ両手をもっていった。

「あ、――」ふしぎな手ざわりを、青二は、感じた。毛の密生した動物の頭と思われるものに、ふれたからであった。

ふしぎな発見

「……猫の頭のようだが、しかしそんなものは見えないではないか」なんという気持ちのわるいことだろう、と青二は思った。

しかしこのとき彼は、さっきとはちがって、もうよほど落ちつきをとりもどしていた。もう一度その毛深い動物の頭にさわり、それから、おそるおそる下の方へなでていった。

全くおどろいた。たしかに、猫と思われるからだがあった。しっぽもあって、ぴんぴんうごいていた。足のうらには、たしか猫のものにちがいない土ふまずもあるし、爪もついていた。しかしそれは全く見えないのであった。

青二は、いよいよおどろいたが、もっとしらべをつづけた。

青二の目に見える二つの玉は、どうやらこの猫の目玉であるらしく思われる。

それから新発見があった。見えない猫の二本の前足が、細いゴムのバンドで結んであることだった。そのゴムのバンドは、草むらの中にあって、よくよく見ないと、青二の目には、はいらない場所であった。

こわいよりも、今や青二は、好奇心にわき立った。

青二は、そのあやしい猫のような動物を抱きあげた。たしかに猫ぐらいの重さが感じられた。青二は、それをしっかりと抱いて、道へ出た。そして、自分の家の方へ歩き出した。

その動物は、おとなしかった。もうなきはしなかった。青二のふところへ、もぐりこむようにして、からだをまげた。動物の温《あたた》か味《み》が青二の方へつたわって来た。

動物はねむり始めたらしい。

「いったいこれはなにかしらん。猫のたましいにしては、すこし変だし……」

青二には、このあやしい動物の正体を、はっきりいいあてることができなかった。

やがて青二は、家にかえりついた。

青二は「ただ今」といって、すぐ二階へあがった。青二は、途中で拾ってきたあやしい猫みたいな動物のことを、母親に話をしようかと思ったが、いやいやそうでない、そんなあやしいものを拾って来たことを、お母さんが知ったら、どんなにおどろくかしれない。そして早くそのようなものは捨ててしまいといわれるだろう。それではせっかくこわい目をして拾ってきたのに、つまらない事になってしまう。そう思って青二は、その怪しい動物を抱いたまますぐ二階の自分の部屋にあがってしまったのである。

二階へあがったものの、青二は、ちょっと困ってしまった。このあやしい動物をどこへおいたらいいかということだ。そのままおいておけば、きっと出ていってしまうだろう。逃げられたんでは、いやだ。

戸棚に入れようか。いや、猫はふすまを破ることなんか平気だから、戸棚では安心なら
ない。

「青二や。なにをしておいでだい。ご飯ですよ。早くおりていらっしゃい」
はしご段の下から、母親が二階へ声をかけた。

「はーい。今行くよ」

さあ、どうしようかと、青二は困ってしまった。

が、困ったときには、よく名案がうかぶものである。青二は、机のひきだしをひっぱりだして、ひもを探した。赤と青のだんだらの、荷物をくくるひもがあった。それを出すと彼はあやしい動物の後足二本を、そのひもでいっしょにぐるぐるしばってしまった。

こうすれば、このあやしい動物は、前足も後足も二本ずつしばられているんだから、もう歩くことができない。歩くことができなければ、この部屋から、出てゆくこともない。よしよし、これなら大丈夫と、青二はそれがすむと、机の上にそっとおいて、はしご段を下へおりていった。

夕飯のおぜんを、母親とかこんで、いつものように食べた。母親は、放送局にはかわったことがなかったかと聞いた。青二は、なにもかわったことがなく、お父さんは鉛筆を一本くれたと、答えた。

食事がすんだ。

母親が台所の方へいっているひまに、青二は皿の上からたべのこりの魚の骨をそっと掌へうつした。そして急に立って、二階へとんとんとあがっていった。

「青二、お待ちよ、りんごを一つ、あげるから……」

母親が声をかけたが、青二は、

「うん。あとでもらうから、今はいいよ」

と、いいすてて二階へあがった。すぐ机の前へとんでいった。

机の上には、見おぼえのある赤と青とのだんだらのひもと、ゴムのバンドがあった。気味のわるい二つの目玉らしいものも、そこにあった。

「にゃーお。う、う、う」

「これがほしいんだろう。さあ、おたべ」

青二は、魚の骨を、光る目玉の下へおいてやった。すると、かりかりと骨をかむ音がした。骨がくだけて、机の上からすこしもちあがった。そしてそれはやがて線のようにつながって、だんだんと上にあがり、それから横にのびていった。

「き、気持がわるいなあ」

青二は、ぞっとした。魚の骨が、動物の口へはいってくだかれ、それから食道をとおって、胃ぶくろの方へ行くらしい。それが透《す》いてみえるのだった。

「ふーん。たしかにこれは見えない猫だ。透明猫だ。なぜこんなふしぎな動物が生きているんだろうか」

青二は、おそろしくもなったが、またこの見えない猫が貴重なものに思われてきて、膝の上にのせてしきりになでてやった。

そのうちに、二つの目玉が動かなくなった。透明猫は、膝の上でねむりはじめたらしい。しかしそのとき、青二がふしぎに思ったのは、拾ったときはたいへんはっきり見えていた目玉が、今はぼんやりとしか見えないことだった。

おそろしき事件

あくる日、青二はいつものように五時に起きた。

父親は、まだねていた。放送局から夜おそく帰ってくるので、父は朝おそく起きるならわしだった。

だからその朝も、青二は母親といっしょに朝のおぜんについた。茶の間は、台所のとなりで、光線があまりはいらない部屋だった。

「どうしたの、青二。お前の顔は、へんだね。気分でもわるいのかい」

母親が心配そうにきいた。

青二は、べつに気分もわるくなかった。だからそのとおり答えた。

「でもね、青二。どうもへんだよ。なんだかお前の顔は、かげがうすいよ。ぼんやりしているよ」

そういわれても、青二は本気にしなかった。

「お母さんは、あんなことをいっているよ。お母さんの目の方が、今日はどうかしているんでしょう。目がかすんでいるんじゃない」

「あら、そうかしら。もっとも、もう春になりかけているんだから、のぼせるかもしれないからね」

その話は、そのままになった。青二の母親は、朝の用事をまだたくさんもっていたから。

青二は二階へあがった。

机の上に、小さい座ぶとんがのせてある。その座ぶとんの上を見るとまん中がひっこんでいた。そして、ゴムのテープと、赤青のまだらの紐《ひも》が結ばれたままあった。その座ぶとんの上に、例のあやしい動物がねていることはたしかだった。

だが、ふしぎなことに、二つの目玉は、どこにも見えなかった。

「あの目玉はどこへ行ったんだろう」

青二は、そばへいって、手さぐりで動物をなでてみた。猫の頭にちがいないものが、たしかに手にさわった。

しかし目玉は見えなかった。もしや目玉がなくなったのかと思って、青二は片手で動物の頭をおさえ、もう一方の手で目玉をさぐってみた。すると、

「ふうっ」と、動物はあらあらしい声をたてて、座ぶとんからはねあがった。

そうでもあろう。いきなり目玉へ指をつっこまれたのでは、びっくりする。

青二の手がひりひり痛んだ。見ると、血が出ている。今動物のために、ひっかかれたんだが、このとき青二は、おどろきのあまり、心臓がどきんと大きくうってとまった。それは、なんだか自分の手が、はっきり見えないのだった。ぼんやりとしか見えないのだった。

「どうしたんだろう」さっき青二の母親がいったことばが思い出された。「青二、どうしたの。お前の顔は、かげがうすいよ」と、いわれたのを。

青二は柱にかかっている鏡の前へいって顔をうつしてみた。

「おやっ」

大きなおどろきにぶっつかった。鏡にうつった青二の顔は、うすぼんやりしていた。校服《こうふく》はちゃんとはっきりしているのに、くびから上が、ぼんやりしているのだった。

やっぱり自分も、のぼせ目となったのかと思い、青二は、いくども目をこすって、鏡の中にうつる自分の顔を見なおした。

だが、そのかいは、なかった。いくど見なおしても、彼の顔はぼんやりしていたし、両手をうつしてみても、やはりそれもはっきりうつらなかった。

「えらいことになった」と、青二はその場にうずくまってなげき悲しんだ。

なぜそんなことになったのか、青二には、わからなかった。あの見えない猫と同じようなふしぎな現象が、今自分のからだの上にあらわれて来たのだ。

「これからどうなるだろうか。自分もあの猫のように、からだがすっかり見えなくなってしまうのではあるまいか。ああ、そうなったら、もう生きてはいられない。自分は化け物あつかいされるだろうから……」

青二は、ここで、重大な決心をしなければならなくなった。このままうちにいて、化け物あつかいされるか、それとも誰にも見つからない世界へにげていってしまうか。

いろいろと考えなやんだ末……青二は、そっと家を出てゆくことにした。

青二は、わずかの着がえをバスケットに入れ、また片手には、透明猫を入れたふろしき包みをもち、母親に気づかれないうちに、家を出てしまった。

ただ母親がなげくとかわいそうだと思ったから、

「ぼくは急に旅行をします。心配しないで下さい。そのうちに、かならず帰って来ます。そして、うんとおもしろいおみやげ話をしましょう」

と、いう遺書を、机の上において去った。

妙な福の神

どこというあてもなく、青二は歩きつづけた。

頭には、スキー帽をかぶり、風よけをふかくおろして顔をかくした。それからオートバイに乗る人がよくかけている風よけ眼鏡をかけた。そのガラスは黒かった。

くびのところを、マフラーでぐるぐるまいた。くびのあたりを人に見られないためだった。また両手には、手袋をはめた。

こうして歩いていれば、「あいつは寒がりだな」と思われるぐらいで、とがめられることはなさそうであった。

歩きながら、どうして世の中にこんな奇怪なことがあるのか、またどうしてそれが自分のからだをおそったのであろうかと、いろいろ考えつづけた。

そのうちに、歩きくたびれて、青二は小公園のベンチに腰をおろした。

おなかもすいたので、包《つつみ》をあけて、パンを取出してたべた。びんにつめていた水をのんだ。おなかのすいたのが少しなおり、のどのかわきがとまった。

だが、青二はかなしくなった。

「この次の食事から、自分で買って、たべなくてはならない。お金はすこしあるが、一日二日たてば、それもなくなるだろう。それから先はどうしたらいいのだろう」

青二はうちへもどろうかと考えた。

「いやいや、こんな化け物みたいなからだを持って帰ったら、お母さんがなげきかなしむばかりだ。どんなにうちがこいしくても、自分はうちへかえれないのだ」

ぽたぽたとあつい涙が青二のほおをつたって、膝のうえへ落ちた。

「おい坊や。なにをそんなにふさいでいるんだい」とつぜん声を青二にかけた者がいた。

青二はびっくりして顔をあげた。するとそこには一人の青年が立っていた。ダブルの背広を着、頭髪をながくのばして、きれいに分けた紳士風の青年だった。しかし服装の小ぎれいなわりに、顔はやけトタンのようにでこぼこし、四角な頬《ほほ》には、にきびがたくさんふき出ていた。

が、青年は、にこやかに笑顔をつくって、青二を見下ろしていた。

「泣くなんて、男の子のすることじゃないよ。おれだって引揚げて来たときは泣きたくなったさ。だけど、泣いたってしょうがないと思ってあきらめて、あとはどんな苦しいことがあっても、にこにこして暮らしているさ。楽天主義にかぎるよ。そして困ったら、三日でも四日でもよく考えるんだ。考えて、道がひらけないことってないよ。坊やお前はうちがないんだろう」

いいえ、と答えようとしたが、青二は今はうちを出たんだから自分はうちなしだ。だから青二はうなずいた。

青年は「そうだろうと思った」といって「それから、食うに困っているんだろう」ときいた。

青二は、やっぱりうなずくしかなかった。

「よおし、心配するな。おれについて来い。お前ひとりぐらいは、たらふく食わせてやる。さあ行こう」

どうしてその青年が、青二にそう親切なのか分らなかった。しかし今はその青年に力を借りるよりほか道がないことが、青二に分っていた。そこで青二は、この青年に、重大な秘密をあかすことにした。

ただし青二は、自分のことは、さすがにいいだすことが出来なかった。猫のことだけを話したのである。

するとと青年六さんは、目をかがやかして喜んだ。

「え、そいつは、すばらしいじゃないか。たいへんな金もうけがころがりこんだものだ。いや……お前、これは大もうけになるぜ。おれに万事をまかせなよ。そして利益は五分五分に分けよう」

六さんはすっかり乗り気になった。

「ところでちょっと、その本尊さまというのを見せてくれよ」

そこで青二は、猫のはいっているふろしきを、六さんにさわらせた。

「なるほど、たしかにこの中に、猫みたいなものがはいっているぞ」

「そこで、ふろしきの中をのぞいてごらん」

青二は、ふろしきのはしをすこしあけて、六さんに中をのぞかせた。

「おや、いないね。あら、ふろしきの外からさわると、ちゃんとはいってるんだが……」

ふしぎに思った六さんは、こんどは手袋をはめた手を、ふろしきの中にさしいれた。

「ありゃりゃ、おどろいたなあ。ちゃんと猫みたいなもののからだにさわる。ふーん、やっぱり透明猫だ。インチキじゃねえ。へえーっ、お前はまあ、大した金のなる木を持っているじゃねえか。よし、これなら小屋がけをして、一人十円の入場料で、いらっしゃい、さあいらっしゃい、さあいらっしゃいとやれば、一日に二千人ははいる。すると一ン二が二で二万円」

青二はおどろいた。何といい計算の名人だろう。

「二万円はすこし少ないなあ。入場料を二十円にあげる。そのかわりお客をあおってしまう。ええっと『十万円の懸賞』だとゆくんだ。『もしこの透明猫がインチキなることを発見されたるお客さんには、即金で、十万円を贈呈いたします』と書いてはりだすんだ。するてえと、慾の皮のつっぱった連中がわんさわんさとおしかけて、十万円とふしぎな見世物の両方につられてどんどんはいる。二十円の入場料だってやすいくらいだ。まず一日に二万人ははいるね。すると二二ンが四で、四十万円だ。ほう、これはこたえられねえ」

大懸賞の見世物

その小屋がけは、六さんの顔がすこしはきく、ある盛り場にたてられた。

「現代世界のふしぎ、透明猫あらわる」

「これを見ないで、世界のふしぎを語るなかれ」

「シー・エッチ・プルボンドンケン博士曰く、〝透明猫は一万年間に一ぴきあらわれるものであるんである〟と」

「インチキにあらず。ちゃんと生きています。インチキを発見された方には、即金で金十万円也を贈呈します。透明猫普及研究協会総裁村越六麿敬白」六さんはえらい名前までこしらえて、でかでかと、とびらにはり出した。

こいつは、はたして大あたりだった。二十円をはらって入場者がはいること、はいること。

「大入満員《おおいりまんいん》につきしばらく客どめ。そのあいだ、ここに出してある透明猫いけどりの大冒険の図をごらんなさい。こっちにあるのは、透明猫のいつわりなき写真でございい。今見おとせば、末代までも話ができん。さあ、いらっしゃいいらっしゃい。いや今しばらく大入満員の客どめだ」

六さんは、ものものしいかっこうで、さかんに小屋の前にあつまる群衆をあおりつける。

場内では、青二が、これまた太夫《たゆう》の服を着、顔と手足とのどはかくし、きれいにかざりたてた小宮殿のような透明猫のはいった箱のそばに立って、つめかける客の一人一人に、箱の上の穴から手を入れさせ、透明猫をなでさせるのであった。

猫はねむいところを、たくさんの人々になでられ、毛をひっぱられ、つかまれるので大むくれ。箱の中をあばれまわって、ふーっ、きゃあーっ、と、うなる。

それがまた客の人気にかなった。まだ順番のこない客たちは、箱をのぞきこんで、猫の声はすれど、その姿がさっぱり見えないのに興味をつのらせる。

これは魔術ではないかと、箱の中を隅《すみ》から隅までさぐるお客も多かった。そういう人は、透明猫のために手をひっかかれたり、ごていねいに指の先をかみつかれたりして、おどろいたり、感心したりで引きさがるのであった。

初日の入場料のあがり高は、四十五万円もあって、六さんの胸算用をはるかにとびこした。

「まあ一万円とっときねえ、おれも一万円とる。これは今夜のうちに小づかいに使っちまっていいんだ。のこりの四十三万は、銀行に積立てておこう。毎日こんなにはいるんじゃあ、さつで持っていては、強盗にしてやられるからねえ。そして貯金が一千万円ぐらいになったら、ここへすごい常設館をたてて、大魔術とサーカスと透明猫と、三つをよびものにして、ここへ遊びに来る人の金をみんなさらってしまうんだ」

六さんは、えらい鼻息であった。そしてその夜、青二をつれて、近所の奥まった家へつれこんで、すごいごちそうを注文し、酒をもってこさせて、大宴会をやった。

六さんの体に酒が入ると、急にことばがからんで来た。

「やいやい、坊や。なんだってお前は、まだ帽子をとらねえんだ。おれを甘くみてやがるとしょうちしねえぞ。こら、帽子をとれ。手前はこの総裁六さん——じゃあねえ、何とか六麿のアソンを何と思ってやがるんだ」

そばにいた女たちが、六さんをとめたけれど、六さんはとうとう青二におどりかかって、その帽子をひったくってしまった。

「ああっ――」「きゃあ――」えらいさわぎが起った。

六さんは一ぺんに酒のよいがさめてしまうし、女たちは悲鳴の声をひきながらその座敷からにげだした。

なぜ。青二の帽子の下には、なんにもなかった。首のない青二が、そこにめいわくそうに動いていているだけだった。

六さんは、腰をぬかしてしまって、口をぱくぱく開くがひとこともいえなかった。

さて、その夜のさわぎもどうやら片づいて、六さんと青二は、そこを引きあげた。そのとき六さんは、口どめ料として、そのうちへ五万円を出した。

二人は、ホテルへとまった。

六さんはベッドの上で、青二に相談をかけた。どうだ青二も透明なものなら、透明猫の見世物よりも「透明人間あらわる」の方が、人がたくさん集まるから、青二が思い切って見世物になるようにすすめた。

「いやです。ぼくはいやです」

「ばかだねえ、お前さんは。こんなすばらしい儲け口は又とないよ。どうやすく見つもっても億円のけたのもうけ仕事だ。それをにがす法はない。さあ、透明人間でやってください」

下からおがまんばかりに、六さんはくどいた。しかし青二は、しょうちしなかった。

その夜はそのままとなり、次の日の朝が来た。青二はベッドから下りて背のびをしたが、ふと、となりのベッドを見ておどろいた。

なんということだろう。たしかに六さんと思われる人物が、そのベッドの上にねむっていたのであるが、顔も手足ももうろうとしていた。そして大きな二つの眼の玉だけが光っていた。六さんも透明人間になりつつあるらしい。

さわぎはその日に全市へひろがった。

それはあっちでもこっちでも、人間がかげがうすくなる事件、だんだんからだが消えて見えなくなってゆく事件が発生して、大さわぎとなった。

そういう人たちは、しらべてみると、みんな前の日に、「透明猫」の見世物を見て、そのあやしい猫にさわった者ばかりであったが、そういうことがはっきりするには、それから五日もかかった。

その間に、全市の透明人間は、ますますかずがふえていった。透明になった者が誰かのからだにさわると、かならずその人のからだがやがてもうろうとなって透明化することが分った。つまり伝染性があるのだ。

大きな恐怖がひろがっていった。だが、このさわぎは、事件発生後七日目に急に解決することとなった。

というのは、はじめの「透明猫」をつくった羽根木博士という学者が、その筋へ名乗り出たからである。

博士の研究は、肉体の透明化にあった。からだを、空気と同じ反射率、屈折率をもたせることにあった。博士は、かびの一種が、そういうことに強い働きのあることを発見し、自分の研究室でそのかびを培養しては、いろいろな虫やモルモットや猫に植えていたのである。

例の猫も、前足と後足とをそれぞれしばり、かびを植えた直後だったが、その後足のひもがとけたので、研究室から外へにげだし、崖の下へおちた。そのとき青二が通りかかって猫を拾ったわけだ。

しかし青二は猫にさわったので、青二もまた透明になった。見世物小屋でこの猫にさわった連中も、みな同じことだった。博士は、そのかびを殺す薬を用意していたので、それを注射することによって、透明人間たちはみんなもとの不透明にもどることが出来た。

青二も今はうれしく自分の家へもどることができた。六さんも心を改め、もうけをほんとうに山わけにした。青二のお母さんも、青二がもどってきたので大よろこびであった。のこる問題は、羽根木博士の研究のことであるが、博士は今まで発見していなかったこの研究の結果を、どういう方面に活かして使おうかと、今、考え中だそうである。

ウォーソン夫人の黒猫

萩原朔太郎

　ウォーソン夫人は頭脳もよく、相当に教育もある婦人であった。それで博士の良人《おっと》が死んで以来、ある学術研究会の調査部に入り、図書の整理係として働らいていた。彼女は毎朝九時に出勤し、午後の四時に帰宅していた。多くの知識婦人に見る範疇《はんちゅう》として、彼女の容姿は瘠形《やせがた》で背が高く、少し黄色味のある皮膚をもった神経質の女であった。しかし別に健康には異状がなく、いつも明徹《めいてつ》した理性で事務を整理し、晴れやかの精神でてきぱきと働らいていた。要するに彼女は、こうした職業における典型的の婦人であった。

　ある朝彼女は、いつも通りの時間に出勤して、いつも通りの事務を取っていた。一通り仕事がすんだ後で、彼女はすっかり疲労を感じていた。事務室の時計を見ると、ちょうど四時五分を指しているので、彼女は卓上《たくじょう》の書類を片づけ、そろそろ帰宅する準備を始めた。彼女は独身になってから、ある裏町の寂《さび》しい通りで、一間しかない部屋を借りていたので、余裕もなく装飾もない、ほんとに味気《あじけ》ない生活だった。いつでも彼女は、午後の帰宅の時間になると、その空漠《くうばく》とした部屋を考え、毎日毎日同じ位地に、変化もなく彼女の帰りを待ってる寝台《しんだい》や、窓の側に極《きま》りきってる古い書卓や、その上に載ってる退屈なインキ壺などを考え、言いようもなく味気なくなり、人生を憂鬱なものに感ずるのだった。

この日もまた、そのいつも通りの帰宅の時間に、いつも通りの空虚《くうきょ》な感情が襲って来た。だがそうした気分の底に、どこかある一つの点で、いつもとちがった不思議の予感が、悪寒《おかん》のようにぞくぞくと感じられた。彼女の心に浮《うか》んだものは、いつものような退屈な部屋ではなく、それよりももっと悪い、厭《い》やな陰鬱なものが隠れている、不快な気味のわるい部屋であった。その圧迫する厭やな気分は、どんなにしても自分の家に、彼女を帰らせまいとするほどだった。けれども結局、彼女は重たい外套《がいとう》を着て、いつも通りの家路をたどって行った。

部屋の戸口に立った時、彼女は何物かが室の中に、明らかに居ることを直感した。いつ、どこから、だれがこの部屋に這入って来て、自分の留守に居るのだろう。そうした想像の謎の中で、得体のわからぬ一つの予感が、疑いを入れない確実さで、ますますはっきりと感じられた。「確かに。何物かが居る。居るに相違《そうい》ない。」彼女はためらった。そして勇気を起し、一息に扉《ドア》を開けひらいた。

部屋の中には、しかし一人の人間の姿もなかった。室内はひっそりとしており、いつものように片づけられていた。どこにも全く、少しの変ったこともなかった。けれどもただ一つ、部屋の真中の床の上へ、見知らぬ黒猫が坐り込んでいた。その黒猫は大きな瞳をして、じっと夫人をみつめていた。置物のように動かないで、永遠に静かな姿勢をしてうずくまっていた。

夫人は猫を飼っておかなかった。もちろんその黒猫は、彼女の居ない留守の間に、他所《よそ》から紛れ込んだものに相違なかった。がどこから這入って来たのだろう。留守の間の用心として、いつも扉《ドア》は厳重に閉してあった。もちろん鍵をかけ、そしてすべての窓は錠を下して密閉されていた。夫人は少し疑い深く、部屋のあらゆる隅々《すみずみ》を調べてみた。しかしどこにも決して、猫の這入るべき隙間はなかった。その部屋には煙突《えんとつ》もなかったし、空気ぬきの穴もなかった。どんなによく調べてみても、猫の這入り得る箇所《かしょ》はないのである。

夫人はそこで考えた。留守の間に何人《なんぴと》かが――おそらくは窃盗の目的で――一度この部屋をうかがい、窓の一部を開けたのである。猫はその時偶然にどこからか這入って来た。そしてその人物が、しばらくこの部屋で何事かをした後に、再度またもとのように、窓を閉めて帰って行った。猫はその時から、ここに閉じこめられているのであると。実際また、それより外に推理の仕方はなかったのだ。

夫人は決して、病的な精神の所有者ではなかった。反対に理智の発達した、推理癖のある女性であった。けれども婦人の身として、さすがにこの不思議な出来事は不気味であった。自分の居ない留守の間に、ある知らない人物が忍び込んで、居間で何事かをしているということは、考えるだけでも神経を暗くした。

夫人は夢に魘《うな》された時のように、厭やな重圧した気分を感じた。だが彼女の推理癖は、どうにもしてこの奇怪な事件から、真の原因を探り出そうと考えた。もしある人物が、留守にどこかの窓を開けて、そこから闖入《ちんにゅう》して来るとすれば、窓のあるどこかに、コジあけた痕跡が残っているか、でないとしても、多少の指紋が残っているべきはずである。夫人は注意ぶかく調べて見た。だが窓のどこにも、少しの異状がなく、指紋らしきものさえなかった。この点の様子からは、絶対に人の這入った痕跡がないのである。

翌朝起きた時に、彼女は一つの妙案を思いついた。それは部屋のあらゆる隅々へ、人の気づかない色チョークの粉を、一面に薄く敷いておくことである。もし今日も昨日のように、留守に何事かが、起ったらば、すっかり証拠の足跡がついてしまう。例の厭やな猫でさえも、それが這入って来た箇所からの、正直な足跡を免《まぬ》かれない。一切の原因が明白になってしまうだろう。

　この計案を完全に実行し、充分の成功を確めたところで、彼女はいつもの外套を着、いくらか落付いた気分で出かけて行った。が、だが事務室の柱時計が四時に近くなった時には、またいつもの不安な予感が、いつものように襲って来た。どうしても部屋の中に、だれかが坐っているような感じがする。その感じはハッキリしており、眼の前を飛ぶ小虫のように、執拗に追いのけられないものであった。そしてなお不吉なことには、いつも必ず適中するのであった。果してその留守の部屋の中には、今日もまた黒猫が坐り込んでた。気味の悪い静かな瞳で、じっと夫人の方をみつめながら。しかもその部屋の中には、夫人のすべての期待に反して、どこに一つ小さな足跡すら付いてなかった。今日の朝に敷かれたチョークの粉は、閉じ込められた室の重たい空気で、黴《かび》のように積っていた。その粉の一粒《ひとつぶ》すらが、少しも位地を換えてなかった。明白に部屋の中へは、何物も這入って来なかったのである。

　すべての有り得べき奇異の事情と、その臆測される推理の後で、夫人はすっかり混惑《こんわく》してしまった。実証されてる事実として、ここにはどんな人間も這入って来ず、猫でさえも、決して外部から入り込んだものではないのだ。しかも奇怪のことには、その足跡を残さぬ猫が、ちゃんと目前の床に坐り込んでいるではないか。今、ここに猫が居るというほど、それほど確かな事実はない。しかも魔法の奇蹟でない限り、この固く閉めこんだ室の中に、一つの足跡も残さずして、猫が居るという道理はないのである。

夫人は理性を投げ出してしまった。それでもなお、もっと念入りの注意の下に、翌日もまた同じ試験を試みてみた。だが結果は、依然として同じであり、しかもその翌日も、翌日も同じ気味の悪い黒猫が、同じ床の上に坐り込んでいた。そしてこの奇怪の動物は、彼女が窓を開けると同時に、いつもそこから影のように飛び去って行った。

とうとう夫人は、最後にある計画を思いついた。猫がどこから這入ってくるのかを見定めるため、扉の蔭にかくれていて、終日鍵穴から覗いてみようと考えた。翌日、彼女は出勤を休んだ。そしていつもの通り、窓にすっかり錠をおろし、戸口に一脚の椅子を持ち出した。それから扉を閉め、椅子を鍵穴のところに持って行って、一秒の間も油断なく、室内を熱心に覗いていた。朝から午後まで長い時間が経過した。それは彼女の緊張した注意力には、ひどく苦しい時間であり、耐えられないほどの長い時間であった。ともすれば彼女は、注意力の弛緩からして、他のことを考えてぼんやりしていた。彼女は時々、胸の隠衣《かくし》から時計を出して針の動くのを眺めていた。すべて長い時間の間、室内には何事も起らなかった。夫人はまた時計を出した。その時ちょうど、針が四時五分前を指していたので、うたた寝から醒めた人のように、彼女は急に緊張した。そして再度鍵穴から覗いた時、そこにはもはや、ちゃんといつもの黒猫が坐っていた。しかもいつもと同じ位地に、同じ身動きもしない静かな姿勢で。

全くこの事実は、超自然の不思議というより外、解決のできないことになってしまった。ただ一つだけ解ってるのは、午後の四時になる少し前に、どこからか、どうしてか解らないが、とにかく一疋《ぴき》の大きな黒猫が、室内に現われてくるという事実であった。夫人はもはや、自分の認識を信用しなくなってしまった。すべてやるだけの手段を尽《つく》し、疑い得るだけの実験を尽してしまった。夫人はもしかすると、自分の神経に異状があり、狂気しているのではないかと思った。彼女は鏡の前に立って、瞳孔が開いているかどうかを見ようとした。

毎日毎日、その忌わしい奇怪の事実が、執拗にウォーソン夫人を苦しめた。彼女はすっかりヒステリカルになってしまい、白昼事務室の卓の上にも、猫の幻影を見るようになってしまった。時としてはまた、往来を歩くすべての人が、猫の変貌した人間のように見えたりした。そういう時に彼女は、その紳士めかした化猫の尻尾をつかんで、街路に叩きつけてやりたいという、狂気めいた憎悪の激情に駆り立てられ、どうしても押えることができなかった。

それでも遂《つい》に、理性がまた彼女に回復して来た。この不思議な事件について、第三者の実証を確めるために、友人を招待しようと考えたのだ。それで三人の友人が、いつも猫の現われる時間の少し前に、彼女の部屋に招待された。二人は同じ職業の婦人であり、一人は死んだ良人の親友で、彼女とも家族的に親しくしていたところの、相当年輩《ねんぱい》に達した老哲学者であった。

訪客と主人を加えて、ちょうど四脚の肱掛椅子《ひじかけいす》が、部屋の中央に円く並べられた。それは客のだれの眼にも、猫がよく見える位地を選んで、彼女がわざとそうしたのであった。それで始めしばらくの間、皆は静かに黙っていた。しかし少時の後には、会話が非常にはずんで来て、皆が快活にしゃべり始めた。いろいろな取りとめもない雑談から、話題は心霊学のことに移った。老博士の哲学者は、この方面に深い興味を持っていたので、最近ある心霊学会で報告された、馬鹿に陽気な幽霊の話をして婦人たちを面白可笑しく笑わせた。しかしウォーソン夫人だけは、真面目になって質問した。

「動物にも幽霊があるでしょうか？　例えば猫の幽霊など。」

皆は一緒に笑い出した。猫の幽霊という言葉がひどく滑稽に思われたのである。だがちょうど、その時皆の坐っている椅子の前へ、いつもの黒猫が現われて来た。それはだれも知らないどこかの窓から、そっと入り込んで来たのであった。そして平気な様子をして、いつもの場所にすまし込んで坐っていた。

「この事実は何ですか?」

夫人は神経を緊張させて、床の上の猫を指さした。その一つの動物に、皆の注意を集中させようとしたのである。

人々はちょっとの間、夫人の指さす所を見た。しかしすぐに眼をそらして、他の別の話を始めた。だれも猫については、少しも注意していないのである。多分皆は、そんなつまらない動物に、興味を持とうとしないのだろう。そこでまた夫人が言った。

「どこから這入って来たのでしょう。窓は閉めてあるし、私は猫なんか飼ってもいないのに。」

客たちはまた笑った。何かの突飛《とっぴ》な洒落《しゃれ》のように、夫人の言葉が聴《きこ》えたからだ。すぐに人々は、前の話の続きにもどり、元気よくしゃべり出した。

夫人は不愉快な侮辱を感じた。何という礼義知らずの客だろう。皆は明らかに猫を見ている。その上に自分の質問の意味を知ってる。自分は真面目で質問した。それにどうだ。皆は空々しく白ばっくれて、故意に自分を無視している。「どんなにしても」と、夫人は心の中で考えた。「この白ばっくれた人々の眼を、床の動物の方に引きつけ、そこから他所見《よそみ》が出来ないように、否応《いやおう》なく釘付けにしてやらねばならない。」

一つの計画された意志からして、彼女は珈琲茶碗《コーヒーぢゃわん》を床に落した。そして過失に驚いた様子をしながら、人々の足下に散らばっている破片を集め、丁寧に謝罪しながら、婦人客の裾《すそ》についた液体の汚点《しみ》をぬぐった。それからの行為は、否応なく客たちの眼を床に向け、すぐ彼等の足下に居る猫へ注意を引かねばならないはずだ。にもかかわらず、人々は快活にはしゃぎ廻って、そんなつまらない主人の過失を、意にもかけない様子をした。皆は故意に会話をはずませて、過失に狼狽している主人の様子を、少しも見ないように勉《つと》めていた。

ウォーソン夫人は耐えがたくいらいらして来た。彼女は二度目の成功を期待しながら、執念深く同じ行為を繰返して、再度茶匙《ちやさじ》を床に落した。銀製の光った匙は、床の上で跳ねあがり、鋭く澄んだ響を立てた。がその響すらも、人々の熱中した話題の興味と、婦人たちのはしゃいだ話声の中で消されてしまった。だれもそんな事件に注意をせず、見向いてくれる人さえ無かった。反対に夫人の方はますます神経質に興奮して来た。彼女はすっかりヒステリックになり、烈《はげ》しい突発的の行動に駆り立てられる、激情の強い発作を感じて来た。いきなり彼女は立ちあがった。そして足に力を込め、やけくそに床を蹈《ふ》み鳴らした。その野蛮な荒々しい響からして、急に室内の空気が振動した。

この突発的なる異常の行為は、さすがに客人たちの注意を惹いた。皆は吃驚《びつくり》して、一度に夫人の方を振り向いた。けれどもただ一瞬時《いつしゆんじ》にすぎなかった。そしてまたもとのように、各自の話に熱中してしまった。もうその時には、ウォーソン夫人の顔が真青《まつさお》に変っていた。彼女はもはや、この上客人たちの白々しさと無礼とを、がまんすることが出来なかった。ある発作的な激情《パッション》が、火のように全身を焼きつけて来た。彼女はその憎々しい奴共の頸《くび》を引っつかんで、床に居る猫の鼻先へ、無理にもぐいぐいと押しつけてやろうとする、強い衝動を押えることができなかった。

ウォーソン夫人は椅子を蹴った。そして本能的な憎悪の感情に熱しながら、いきなり一人の婦人客の頸を引っつかんだ。その婦人客の細い頸は、夫人の熱した右手の中で、死にかかった鵞鳥《がちよう》のようにびくびくしていた。夫人はそいつを引きずり倒して、鼻先の皮がむけるまで、床の上へ惨虐《さんぎやく》にこすり付けた。

「ご覧なさい！」

夫人は怒鳴った。

「ここに猫が居るんだ。」

それから幾度も繰返して叫んだ。

「これでも見えないか？」

おそろしい絶叫が一時に起った。婦人客は死ぬような悲鳴をあげて、恐怖から壁に張りつき、棒立ちに突っ立っていた床にずり倒れた。婦人の方はほとんど完全に気絶していた。

ただ一人、老哲学者の博士だけが、突然的の珍事《ちんじ》に対して、手の付けようもなく呆然《ぼうぜん》と眺めていた。ウォーソン夫人の充血した眼は、じっと床の上の猫を見つめていた。その大きな気味の悪い黒猫は、さっきから久しい間、じっとそこに坐っており、音楽のように静かにしていた。その印象の烙《や》きつけられた姿は、おそらく彼女の生涯まで、どんなにしても離れがたく、執拗に生きてつきまとっているように思われた。「今こそ！」と彼女は考えた。「こいつを撃ち殺してしまわねばならない！」

それから書卓の抽出《ひきだし》を開け、象牙《ぞうげ》の柄《つか》に青貝の鋳《い》り込んでいる、女持ちの小形なピストルを取り出した。そのピストルは少し前に、不吉な猫を殺す手段として、用意して買った物であったが、今こそ始めて、これを役立てる決行の機会が来たのである。

彼女は曳金《ひきがね》に手をあてて、じっと床の上の猫を覗《うかが》った。もし発火されたならば、この久しい時日の間、彼女を苦しめた原因は、煙と共に地上から消失してしまうわけである。彼女はそれを心に感じ、安楽な落付いた気分になった。そして狙いを定め、指で曳金を強く引いた。

轟然《ごうぜん》たる発火と共に、煙が室内いっぱいに立ちこもった。だが煙の散ってしまった後では、何事の異状もなかったように、最初からの同じ位地に、同じ黒猫が坐っていた。彼は蜆《しじみ》のような黒い瞳《め》をして、いつものようにじっと夫人を見つめていた。夫人は再度拳銃を取りあげた。そして前よりももっと近く、すぐ猫の頭の上で発砲した。だが煙の散った後では、依然たる猫の姿が、前と同じように坐っていた。その執拗な印象は、夫人を耐えがたく狂気にした。どんなにしても彼女は、この執拗な黒猫を殺してしまい、存在を抹殺しなければならないのだ。

「猫が死ぬか自分が死ぬかだ！」

夫人は絶望的になって考えた。そして憎悪の激情《パッション》に逆上しながら、自暴自棄になって拳銃を乱発した。三発！　四発！　五発！　六発！　そして最後の弾《たま》が尽きた時に、彼女は自分の額のコメカミから、ぬるぬるとして赤いものが、糸のように引いてくるのを知った。同時に眼がくらみ、壁が一度に倒れてくるような感じがした。彼女は裂けるように絶叫した。そして火薬の臭いの立ちこめている、煙の濛々《もうもう》とした部屋の中で、燃えついた柱のようにばったり倒れた。その唇からは血がながれ、蒼ざめた顔の上には、狂気で引き掻《か》かれた髪の毛が乱れていた。（完）

附記。この物語の主題は、ゼームス教授の心理学書に引例された一実話である。

小猫

近松秋江《しゅうこう》

私は、まだ子供を持ったことがありませんから、子供を亡くした時の心持も経験しませんけれど、もし子供があって、死なれでもしたら、ああもあろうかと思うような悲しい心持になったことが一度ございます。

私は随分我儘勝手ですけれど、それでいて非常に情深い性質だと言うことは何《ど》うしても争われません。それは自分を賞《ほ》めていうのでも貶《け》なしていうのでもない。ありのままがそうなのです。

私は一度可愛《かあい》い小猫がフトいなくなったので、それから急に気病みがしたようになって七日ばかりというもの、猫のことを思い続けて泣いてばかりいたことがございました。そうしてその時私は、自分には子供がないけれど、成程子供に死なれた親の心持は斯《こ》ういうものであろうかと思ったのでした。

私の友人が猫を飼っていまして、それが四匹か五匹子を生んだのでした。友人も猫煩悩の男でしたから、親と一所に其れを可愛がって育てていました。障子を破ろうが、畳を引搔こうがそんなことは一向構わないで、何時も家《うち》の中を五六匹の猫がぞろぞろ歩いていました。

私は、その中で一番毛並の好《い》い、尾《しっぽ》の余り長くない、まだ眼の見えぬ時分からムクムクと肥った雄児《おす》を貰うことに約束して、なるたけ乳は長く呑《のま》したがよかろうと言って、大きくなるまで矢張り親の傍に置いときました。

けれども四匹も五匹もの小猫が段々大きくなるにつけ、余りに悪戯《いたずら》が劇《はげ》しくなるものですから、流石の友人も、

『早く連れて行ってくれ、遣りきれない。』

と言って、其の家の書生が猫を扱かいつけているものですから、元気で引搔いて仕方のない其の雄児を懐《ふところ》中に入れて、私と一所に其家《そこ》からは可成の道程《みちのり》のある私の家まで連れて来てくれました。

そりゃ活潑な好い猫でした。あばれることあばれること黒い処の多い、丁度頸輪《くびわ》を入れたように、頸部《くび》の辺《あたり》に円く真白い斑《ぶち》があって、それから尾と後足が白くって、丸く肥っている

から丁度熊のようでした。――私は熊が好きです。私は三十幾歳《いくつ》にもなって、時々独りで怠屈な檻《おり》などに屡《よ》く動物園を見に行くことがありますが、そんな時には何時も熊の前に一番長く立って見ています。何だか熊とは私遊んで見たいような気がします。――私は猫とも遊ぶのです。全く、猫を飼っていると、私は猫が何人《だれ》よりも一等好きな友人《ともだち》なのです。

で、その小猫を、妻《さい》が、『小僧々々』と呼んだのが元で、私も『小僧々々』と呼びますし、そういうと、間もなく小僧自身にも分るようになって来ました。

よくハシャグのハシャガないのって、それはよく暴れました。私達が立って歩いていると、裾に纏《もつ》れて飛び付いて来る。それを『叱《し》っ！』というと、サッと飛び退いて、急遽向《いきなり》の方の柱に行って搔き上《のぼ》る。私がそれを面白がって追掛《おつか》けると、直ぐまた逃げ出して、今度は床に私の親父《ちち》の肖像画を置いてある、それに行ってその額縁に飛び付く。それから其の壁に凭《もた》せ掛けた隙間にソッと隠れる。隠れた奴を片方《かたつぽう》から追い出す。遁《に》げる、遁げるを追うと、今度は庭の松の樹に行って搔き上る。それを下から追うと、上へ上へ逃げて行《ゆ》く。その時此方で忘れたように知らん顔をしていると、また高い処から段々下りて来て、私の立っている鼻の先の枝を伝うて傍へ挑みに遣って来ます。あまり枝の先の方へ来ると、落《おつこ》ちそうになるので小猫は自身の体を持扱いかねています。その困っているのを見るのが好でした。

最初《はじめ》の内は、妻が気を付けて糞をする処を拵《こし》らえて教えてやりましたが、それでも夜蒲団の上に小便《おしっこ》をするには困りました。そうすると妻は、『よく言って聞かせねばならぬ。』と言って、その小便《しょうべん》で濡れている処へ連れて来て、『こら！　お前此様《こん》な行儀の悪いことをしてはいけないじゃないか。此処へ小便をするんじゃないよ。』

と言いながら小便に鼻を押付けて置いて、拳固で猫の頭をコツコツと叩きました。余り非道く叩くようですから、

『そんなに非道くするな。』と私は言いました。

そういうような調子で、一寸でも猫の姿が見えなくなると、私は何を置いても大騒ぎして探し廻るのでした。

そんな時には、妻も『直ぐ先刻《さつき》其処にいたようであったが、何《ど》うしたろう？』と言って、起って私と一所に探します。散々尋ねあぐんだ結果《あげく》、知らずに閉めて置いた押入れの行李《こうり》の中の襤褸《ぼろ》を入れた上に温々《ぬくぬく》と丸くなってさも好い気持に寝入り込んでいる処を発見することがある。そうすると妻が、

『あっ！　貴下此処にいましたよ。』と他を探している私に呼んで置いて、『これ！　何うした？お前がいないので心配したじゃないか。温々と寝入って、良く寝られたか。』と言

いながら抱えて連れて来ます。そうして畳の上に置くと、小《ちさ》い身体を長く無格好に伸して大きな欠伸《あくび》をします。でも其様《そん》な時はその不様なのが厭でした。

そんなに可愛がっている猫の為に、一遍、私も妻も寿命を縮めるような思いをしたことがございました。猫が井《いど》に陥《はま》ったのです。その時くらい心配したことはありません。

私達その頃は小石川のある高台の住んでいましたが、恐ろしいような深い井で、お勝手をするにも、それが第一の難渋でした。

処が、その小猫が、——親猫ならば幾許《いくら》動物でも訳が分っていますから、そんなことはしますまいが、——時々其の井の井筒の上に這い上って歩いているのです。それを見ると、妻はハラハラして、先方《むこう》を吃驚《びっくり》させぬように、静《そっ》と、『小僧々々』と呼びます。そうすると、何でもなく降りてまいります。

そうしていると、何日か、私達昼飯《おひる》を食べていると、突如《だしぬけ》に何とも言えない汚い声を出して猫の泣くのが耳に入りました。妻は早くもそれを聞付けて御飯を口にしながら、

『あッ！　猫が井《いど》に陥たんだ。』と言いなり、ガタリと茶碗と箸とを食卓の上に置いて、

『私、一度は此様なことがあるに違いないと思っていた………』と言い言い板の間から飛び出して井の方に駆けました。私も続いて出ました。

底の方を透して見ると、案の定、猫が陥っている。併し不思議に水の中には落ちていま

せん。御承知の通り大抵の井は、上の方に桶側を一つ入れて、その下は赤土で固めて、それからまたずっと底の方の水のある辺《へん》に行って桶側を入れてある。それ故水と殆ど一所になった桶側の縁の処と、その外側の赤土の処とに狭い段が一と周り出来ています、でも丁度其処の処へ甘く落ちているのです。可愛そうに、其処へ這いつくばって、呼吸《いき》が切れそうな声で泣いているのです。水際まで二丈はたっぷりあるのですから、何うすることも出来ません。

　私達は井筒に取付いて、遠く底を窺き込んだなり思案に暮れました。猫は火の付いたような声を揚げて泣き頻《しき》っている。

『貴下、何うしたら好いでしょう？…………』

『…………』私は何とも返事が出ません。

『井屋を呼んで来なければなりますまいか。』

『井屋を呼んで来たって仕方があるまい。何うしたらよかろう。本当に困ったなあ。』

『貴下、此のままにしていたら、死んで了《しま》いますよ…………。』

『ウム！　早く何うかしなけりゃならん。困ったなあ、何うしよう。』

　二人は、泣くような声を出して気を揉みました。

『あれ御覧なさい、貴下あんなにして泣いている。…………確乎《しっかり》してお出で、今直ぐ上げてあげるから…………お前が此様な処を歩くから悪いんじゃないか！』妻は悲しい声を出して猫に理解《わか》るように叫びました。

『井屋に行ったら好い分別があるだろうけれど、そんなにしなくっても何うかならないかなあ。』

と言いながら、試に釣瓶を動して猫の方に寄せて見たが、泣いているばかりで、一向その方は気を付けようともしません。それから、じゃ待て待て斯うして見よう。と言って、今度は長い物乾し竿を二本継いで、その尖に、容易に猫が取着くことが出来るようにと思って、座蒲団を巻付けて、猫の傍に遣って見ました。けれどもそれにも何うもしないで矢張り知らん顔で泣き続けて居ます。

『困ったなあ！　何うしよう？』

『何うしたら可いでしょう？』

唯、空しく凝乎《じっ》と見ていると、猫の生命《いのち》は刻一刻に迫って来るようで、私達も静《じっ》としていられません。貴下方は、其様な時に何うしたら無難に猫を救い上げることが出来ると思われます？

『あッ！　好い分別がある！』と、私は覚えず膝を叩きました。

急遽私は座敷に駆け戻って、押入れを開け、古雑誌を入れてある行李を取出して、そのまま倒《さか》さまに座敷に引きあけ、其処にある細引を取って、行李を十文字に吊りました。

『おい！　斯うしたら何うだろう？』と言い言い私はそれを提げて井辺《ばた》に来ました。

それから、其れをスルスルと、細引を手繰って井の底に下して、静《そっ》と猫の方に寄せました。――井は円い、行李は長方形ですから、私は、行李の幅の短かい方を井側に当てました。そうしないと、猫と行李との間に間隔が多く出来ますから。――

よく猫は犬に比べて馬鹿な物だ。と言いますけれど、猫――寧ろ動物の本能性と申すものも、そう馬鹿なものじゃありませんねえ。そうして行李を側に近寄せますと、今まで何様なことをして見せても素知らん顔で泣き叫けんでいました小猫が、行李を井側にピタリと着けるや否やパタと泣き静まって、直ちに行李の中に這入って、さも恐れ慴《おび》えたもののように小い四つの足を心持ち踏張って、真中に恰度平蜘蛛のようにペッタリ匍伏《はいふ》しました。

それを上から窺いて見ている私達は、急に気が軽くなったようで、

『あッ！　這入る這入る！』

『巧く這入った。いくら畜生でも、之れならば這入っても大丈夫だという見分けが付くから感心だ。』

そう言いながら引き上げました。

『おお上った上った。よく上った。』

行李を井端に置くと、妻は直ぐさま抱き上げて、『これッ、もう之れに懲りて此様な処を歩くんじゃないよ。恐《こわ》かったろう。お前の為に生命が縮まったじゃないか。……おう何だか少し喪失《がっかり》しているようだ。』

それから牛乳でも買って来て飲ましたらよかろうと言って、妻が買って来て遣りましたら、よく飲みました。暫らくケロリとして温順《おとなし》くなっていましたが、晩からまた能くはしゃぎました。

そんなに、此方のすることがよく分って、行李の中に這入ったりしたものですから、その後も一層可愛がって、私の好い玩弄物《おもちゃ》にしていました。妻は屡々《しばしば》『貴下は何もしないで、一日猫と遊んでいる。』と言いましたが、私の方からばかりじゃない、猫の方からも私を対手《あいて》に戯《から》かいに掛るのです。

『そらッ！』と追うような声を掛けると、球《まり》を投げるように飛んで逃げるが、直ぐ静《そっ》と此方の様子を伺い伺い近寄って来る。それが丁度回り縁の処で、障子の小蔭に身を隠していて、直ぐ鼻の尖まで遣って来た時分に、トッと出て、また、『それッ！』と声を掛けると、猫は正に二尺ばかり、身体を扭《ね》じって空に躍り上って驚きながら、バタバタと便所の傍の戸袋の方に退軍する。三分間ばかりもしていると、また脅やかして貰いに静《そっ》と遣って来る。散々其様なことをして戯《ふ》ざけた後、遂々捕まえて、此度は掌《て》で戯かうと、まだ足の裏の柔かい四つの足でパッパッと蹴るようにしながら小い口で指に噛み付きます。その手足に弾力があって蹴られていると何とも言えない好い気持です。私は其奴を懐中に入れたり、冷い鼻の尖を自身の鼻に押付けたりして遣るのです。

　其様なにして可愛がるものですから、よく知っていて、私が外へ出る時など、もう玄関の処からニャアニャア泣いて、門の外まで後を追って来ます。それを種々《いろいろ》にして追い返えしたり、また妻が出て来て、抱えて入ることなどもありました。白い処は雪のように純白に、黒い処は漆のように光って、段々毛の艶もよくなりました。

　夜は毎晩私が抱いて寝て遣ります。夜着の袖の処に入れて、床に入った暫くの間は、添乳《そえぢ》に猫を対手に、訳もない下らぬことを言って、手を握ったり、口に指を入れたり、戯弄《からか》っていますが、その内猫も人間も段々眠くなって来ると、私は、静《そっ》と背を撫でながらつい寝入って了います。それから一と寝入りぐっすり熟睡して此度目を覚ますと、猫は屹度《きっと》袖から出て来て、私の褥《しとね》の上に寝ています。それが何だか寝返りをする時に圧潰しそうで気になるものですから、私も半寝入りながらに、静《そ》うと足で裾の方へ押し遣るようにすると、軟かい毛が暖々《ぬくぬく》としていて、丸く団子のようになって前後も知らず寝入っているのか、生きた物ではないように、順直に足に押されながら裾の方へ、事もなくずって行くのです。

それから私がも一と寝入りして、今度心地好く目を覚ますと、最早夜《もうよ》が夙《とっく》に明けていて、小猫は定って私の夜着の天鵞《びろうど》の襟の上に来て、直ぐ鼻の真上の処にまた丸くなっている。此方が眼を覚したのに気が着くと、ニャアと言いながら、上から軟かな手で私の顔を撫でるのです。猫の嫌いな人は此様なことをされては、到底《とても》耐忍していられませんが、私は嫌いでないから、好い心地がするのです。私より早く起きている妻の言うのでは、猫は毎時も私を起そうと思って襟の上で暫く泣いているが、それでも私が目を覚さないと、自分も其処にその儘また丸くなって寝入るのだそうです。

私が出て行く時分にも後を追いましたが、外から帰って来た時にも、私の足音を聞き付けて、何様な奥の方や物蔭で遊んでいても屹度駆出して玄関に来てニャアと言います。それが丁度『貴下が居ないので、私遊ぶのに困っていた。』と言いたそうなのです。妻は言っていました。『大抵貴下の足音は知っているようですが、それでも何うかして、知らぬ人が来たのだと、玄関でフ、ウ！　と言って背を高くしていますよ。』

そんなにしている猫が、——その歳の十二月の確かに十日でした。ヒュウヒュウ木枯の吹きすさむ雨気《あまけ》を帯びた厭な日でしたが、その時も私は外に用事があって、午後《ひるすぎ》に家を出ました。猫は例《いつも》の通り後を追うて門の外に駆けて来ました。処が、その時分の私の住居《すまい》の直ぐ崖下が、大きな池のあった後の窪地の原っぱになっていて、水草などが蓬々《ぼうぼう》と繁茂っていました。其処を渉って往来に出るのですが、私が向の道に上って、後を振り向きますと、小猫は崖の草原の中にいて、遠く私の方を見ながら、頻りに恋しがって泣いていました。けれども門の外からその辺《へん》までは毎時も駆け出るのですから、独りで家に帰るであろうと思って私は気にもせず行きましたが、その時妻も家で何かしていたのでしょう。

それから夕暮方に私は戻って来ましたが、つい猫のことは忘れていました。すると、全く暮れ果てても、何時もその時分には見える猫の姿が見えません。

『おい、猫は何うした？』

『そうですねえ。何うしたでしょう。』

それから、また押入れにでも這入って寝込んでいるのであろうと思って種々探して見ましたが、見付りません。加之《しかのみならず》時刻が何うしても家に居さえすれば、出て来なければならぬ時刻なのです。

私は急に何とも言えない可哀そうな、淋しい気持がして来て、それでも今にニャア！と言って何処からか出て来はしないかと思われて、何度も空耳を立てました。そうして何卒《どうぞ》出て来て呉れるように祈りました。で、其の夜寝るまで、

『何うしたろうなあ？　あの時、外に出た切り家に帰らなかったのかも知れぬ。そうして

他を歩き廻っている内に、道に迷うて、遂々迷い猫になったのかも知れぬ。此の辺《へん》には屡く猫捕りが来るというから、猫捕りに捕られたのかも知れぬ。それとも知らぬ処をウロウロしている内に、可愛い猫だと言って猫の好きな者が連れて行ったのかも分らない。それならばまあ好い。』

妻と二人で此様なことを言って、私が昼過ぎ出て行った時分の事から、その時妻は家にいて何うしていた、あの時はああであった、斯うであった。と、繰返して猫の見えなくなった時分のことを空しく想い出して見ました。

そうして、よもやに引かされて帰るのを待ち心地に十二時過ぎるまで起きていましたが、遂に戻って来ませんでした。寝てからも例の通り夜着の袖に入れるものがございませんから私は寂しくって遣る瀬がありません。

『可哀そうに、皮剥ぎに捕って剥れたかも知れぬ。あんなにピンピン跳ね廻っていたものが、剥れて仕舞えば、最早幾許経ったって、帰りっこはない。』

こう思うと、昼間吾々が気を許して、一寸油断をしたのが悪かったのだ。可哀そうなことをした。

こんなことが止め度もなく思われて、私は、

『猫がいない！　猫がいない！』と、夜着の中に頭を隠して泣きました。

妻は、『居なくなったものは仕方がない。それが畜生の本性だから。』と言って、サラサラと諦らめていましたが、余りに私が本気になって、猫を悲みますので、寝ながら『それでも夜が明けたらヒョッコリ戻って来るかも知れない。』と気安めを言いました。私は晩に暮れてからいなくなったのならば兎に角、昼間から見えなくなったものが、夜が明けたからって、何うして帰って来るといわれよう？　と思いましたが、それでも、また慾目で、朝になったら出てくるかも知れぬ。と空頼みをしました。

けれども翌朝《あくるあさ》になっても遂に帰りませんでした。永久に、あの時私の後を追って泣いていたきり姿は見えませんでした。

私はその後十日ばかり、寂しくって、可哀そうで、何も面白くなくって、夜寝ては夜着を被って泣きました。妻は何とも思っていないばかりか、私が泣くのを冷かしましたから、私は掌で以ってなぐってやりました。

それから後、神楽坂を通ることがあって、寒い時分のことですから、毘沙門の前に、夜店で、猫の皮を晒した襟巻を沢山売っているのを見まして、私は、『ああ、家の猫も此様なにされたのだろう。』と立ち止って、よく見ると、その中に何だか其の猫に酷く似た毛色のがあるような気がしました。

猫

徳冨蘆花《とくとみろか》

一

大正六年八月一日。

九十九里から帰ると、留守居《るすい》の爺さんと共に五疋《ひき》の子猫は大きくなって主人の帰りを迎えた。親猫は見えなかった。

爺さんは逸早《いちはや》く怘《こ》んな報告をした。

「親猫が、ハ、十七日から見えませんでナ、尤も其前からあまり御飯《ごはん》も食べませんで、ミヤアミャア云うて居ましたっけが」

「そうかね、それは」

と私は云うたが、差当《さしあた》って如何することも出来なかった。而して家内中が手を分けて留守中しめ切った室々《へやべや》の戸を開けにかかった。

「猫だか鶏《にわとり》だか死んでいます」

とはなれを開けに往《い》った女中が知らせに来た。私は妻とはなれに往って見た。入口の閾《しきい》を跨《また》いだ所に向う向きになって、長々と横わった骸骨《がいこつ》がある。鶏かなと私は思うた。案外長い後肢《あとあし》の骨に一寸惑うたのである。然しそれは確かに猫である。肉はもう殆んど残っていない。胸骨がざらりと見えて居る。而して骸《むくろ》から一寸も離れて黒い毛白い毛がぐにゃりと骸形《むくろがた》に残っている。鶏の頭を欺《あざむ》く其頭骨の眼窩《がんか》は凹んで、其下には長々とした口髭がちゃんと残っている。

「玉ですよ、まあ」

と妻が叫んだ。

「死んで居りましたか、おや、おや」

私共の後から出て来た爺さんは傷《いた》ましそうに斯く云うた。

「何も食べずミャウミャウミャウミャウばかり云うて居ましたっけが」

と爺さんまた言う。

「可愛相に――大分苦しんだんだな」と私も言うた。

肢《あし》を突張って地べたに横倒し、斯くなる迄には嘸《さぞ》苦痛をしたことであろう。鼠とりの毒、食いでもしたのか。口がきけたら爺さんに何か言えたであろうに――死の苦痛の外、淋《さび》しい死の哀れの外、死骸は何も語るを得ないのである。

私は妻と炭俵《すみだわら》にそっくり包んで北の畑に埋葬した。

「留守に貰われて来て、留守ばかりしたが、到頭《とうとう》留守に死んで了いました」

と妻は嘆《なげ》いた。

二

彼女は大正二年の秋私共の「死の蔭に」の旅の留守中に下祖師《しもそし》ケ谷《や》の米屋から貰うた猫である。名を玉と云うた。黒勝の斑《ぶち》で尾の長い眼の鋭い美しい雌猫であった。非常に気のきつい猫で、食物の要求などもしつこく、相手にならぬと腹をたててミャウミャウ怒鳴り立てた。

彼女の貰われて来た翌春、四五日行方不明になったことがあった。養蚕《ようさん》季節にはよく猫盗みがあるので、うちの玉も盗まれたのだろう。それとも犬に噛殺《かみころ》されたかな、と思うて居ると、五日目にひょっくり帰って来た。如何にも疲れて、ぐたりとして、家の者の顔を見るなり倒るるように横になってミャウと云う。撫でてやるとミャウと云う。其悧発《りはつ》な鋭い眼でじっと家人の顔を見上げて訴える様にミャウと云う。

「捉えられましてね、ようよう逃げて来ました」

と云うとより外受取れなかった。

「玉なればこそ帰って来たのです。性《しょう》の強い猫」

と妻も感心して居た。

猫にしては記憶も好かった。私が何かの場合で一度捉《とら》えてお仕置をしてから、私の顔さえ見れば逃げた。それが半歳にも及んだ。私は此あまりに自意識の強い猫が嫌《きらい》であった。接近しようと思うても一旦仲違《なかたが》いしてからは中々信じない彼女を憎い気持にもなった。中々我儘な猫で他の多くの猫の様に抱かれたりすることは大嫌いらしかった。妻が抱いてすらするりと腕をすり脱けて往った。

私は彼女を「新婦人」と呼んだ。先にはよく埒外《らつがい》に飛出る牝鶏を然《そう》呼んだが、今は猫に此名を負わせた。私は新婦人を遠く眺めることは好きだが、身辺に同居はあまり好《す》かなかった。此は私自身が新しくなかった故《せい》であろう。

彼女の初産には三疋生んだが、一疋も満足に育たなかった。

「やい新婦人、卿《おまえ》があまりお転婆して歩くから一疋も育たないじゃないか」

と私は猫に向うて云うた。

日や月や年や段々に移って、猫は段々大きくなり、少婦《むすめ》は立派なおかみさんになり、年増《としま》になり、相応の品位と重味《おもみ》がついてきた。然しきつい気象は少しも変らなかった。鼠もよくとった。子もよく育てるようになった。進化をさえ伴《ともな》えば、力は天の賜物《たまもの》である。

此間に私共の家では、鶴子が居なくなり、寄生木の姉妹も去り、女中も変り、大正三年の秋には伊香保の留守中に愛犬の熊も人に盗まれて、鶏のあるものを除く外主人主婦の為には此猫が一番の古い家族になった。人間ならば話して慰め慰められつもしよう、猫では仕方がないと夫婦して愚痴をこぼす淋しい切ない日もあった。然し猫でも愚痴を黙って聞いてくれるは嬉しかった。稀《たま》に頭をあげて Mew《ミュー》 の一声でも聞かせようものなら、話が分る様に嬉しかった。

田舎では税が出るので犬の子は厄介ものだが、養蚕に用はあり税は出ぬので猫の子の縁は多い。玉の腹から春秋に出る玉に肖《に》た子供は、それぞれ界隈《かいわい》に縁づいて往った。妻の病院留守に生れた子猫は私の肩に跑《か》け上ったり、琴に跑け上っては不意の音に驚いて琴の上から眼を見張ったり、色々戯《たわむ》れて私を慰めてくれた。ある秋の子猫は、私がうるさがってはなれの天井で育てさしたので、人見しりをする非常に猛烈な野猫になり、それを捉えて袋に入れて人にやっても、食物を食べては床下に逃げ込んだりして其家の人を手古摺《てこず》らした。ある春の子は、父猫が来て其二疋を食うたりした。其結果玉は昂奮《こうふん》して、家人が色々世話やいても牙を鳴らして飛びついた。

玉も私共の家にもらわれて来て五年目の今年は、大分婆さんじみて来た。毛色や何かが其昔赤坂氷川町に居た時、兄の家から譲られたクラという猫によく肖ていたが、気象は勿論《もちろん》同日の論でなかった。今年は大分腹が大きい。お婆さん産は大変だろうと云い云いして居たら四月の末私共が伊香保へ往《ゆ》く数日前に安々《やすやす》と五疋生んだ。私共は母子の世話をあるかみさんに頼んで往った。六月初に伊香保から帰って来た頃は、五疋共大きくなって、家中を駈けずり廻って居た。子供等のない家では笑う事が少ない。猫の子でも如何様《どんな》に笑を持って来てくれたであろう。

玉は五疋を首尾よく育てて誇り貌《が》に見えた。時には昔の肝癪を起して、呼んでも来ない子猫の或ものを叱りつけるのであった。然し長くなって五疋の子に惜気《おしげ》もなく乳を吸わしているのを見ると、新婦人も好い阿母《おふくろ》になったと思わざるを得なかった。而して玉には馳走してやれと私も命ずるのであった。

七月一日に私達は九十九里へ往った。其時は玉は居なかった。帰るともう死んでいた。妻の云う通り長旅の留守に貰われて来て、三度の伊香保の留守をして、九十九里の留守に死ぬのも何かの因縁か。「死の蔭に」の旅の中に来て、「死の蔭に」を出ると逝《ゆ》くのも何かの暗示か。何は兎もあれ、留守ばかりさせて死なしたを済まなく思う。

　嘸《さぞ》冷たい主人と思うたであろう！

三

「親がなくても子はそだつ」母猫をなくした五疋の子猫は、留守居の爺さんに飯《めし》を食わして貰うてそだった。爺さんを祖父《じい》かなんどのようについて歩いた。爺さん外で仕事をするので、猫の子等も半分は戸外生活をした。

　九十九里から帰って、猫はそれぞれ処分しなければならなかった。如何に淋《さび》しい家でも五疋の猫は多過ぎる。二疋は船橋《ふなばし》に縁づけて、一疋は女中の一人が暇《ひま》とる時に貰って往った。後には雄の黒と雌の斑《ぶち》が残った。黒は頗《すこぶる》醜男《ぶおとこ》で、少し馬鹿で、最初はB《ビー》と名づけ、これを残そうと思うたが、追々愛が褪《さ》めて、名を「定九郎」と更《あらた》めた。家には夫婦猫を飼うものでないと俗に云う。俗説は多く経験の結晶だ。到頭「定九郎」は乳屋《ちちや》のM《エム》さんに頼んでこれも船橋の油屋さんに縁づけた。唯《ただ》一つ残った雌猫は、容貌《ようぼう》も気象も母肖である。玉の子だから「小玉」とつけようと思うたが、あまり半玉《はんぎょく》じみて居るし、玉の名を求めて鼻が黒いから「はな」とし、おはなさんは気障《きざ》だから「ハナグロ」と命名した――其兄弟B《ビー》を「定九郎」と改名した、と同時に、時々は最終の一字をぬいて、「はなぐ、はなぐ」と呼んだ。

母に死に別れ、他の同胞《どうほう》に生き別れ、Bと可なり長く育って来た「ハナグロ」は、「定九郎」が貰われて往った当座は毎日探してばかり居た。それから四五日はまだ時々思い出すらしく、淋《さび》しそうに見えた。此頃ではもう余程淋しさに馴れた。而して稀《たま》にぶらさげた球にじゃれることもある。然し彼女はもう成長してそんなじゃれは似つかわしくなくなって来た。

長火鉢の上に香箱《こうはこ》つくってつくねんとあたたまって居る姿を見ると、其頭にはもう母も兄弟もないなと思われる。しかも家附《いえつき》の娘と云ったように、如何にも落ついて居る。「生れる」と云うは大したことだ。最早此の常に変り行く家では、主人夫婦を除くの外、一時傭《やとい》の女中の外、居ついて居るものは此家に生れた此「ハナグロ」位なものだ。

家附の娘は一人娘で、威張りくさっている。夜食後は私の座布団に来て寝るものにきめて居る。寒い朝は妻の炬燵《こたつ》に入るものにきめて、寒いといつも炬燵を出せと催促する。婦《おんな》の一人には抱かれて寝るもの、一人には飯を食わしてもらうものにきめている。尤も食わしてもらう彼女が食わしてくれることもある。つい先夜《せんや》板の間でばたばた騒ぐので、ランプをさしつけて見ると、寝鳥《ねどり》を捉《と》って来たのだ。宿鳥《しゆくちよう》を射ずの孔子様でないから是も非もない。是非もない所でない、取り上げて見ると鴫《しぎ》の様なうまそうな鳥だ。私は目刺《めざし》一尾と交換してもろうて其鳥を焼いて喰うた。うまかった。そこで一首。

飼猫がとりにしとりをとり上げてとり澄したる主人貌かな

「ハナグロ」は日に日に母に肖《に》て来る。のたりのたり外から帰ってくる姿を見て、「玉」かとはッと思うこともある。それ程よく消ている。餓《うえ》を告ぐる声の猛烈で肝癪声《かんしやくごえ》なも母そっくりである。夏の半ばにはなれの土間で、毛に遠巻《とおまき》された死骸の「玉」はほんの骸《むくろ》で、本当の「玉」は此ハナグロであることを思わずに居られぬ。其様な時には、頭の中のあの骸《むくろ》に対しては「安眠せよ」と念じ、眼の前の此の生きた「ハナグロ」に対しては、母の如く長じて鼠をとり子を生め、と祝するより外はない。

猫の墓

夏目漱石

早稲田へ移ってから、猫が段々瘠《や》せて来た。一向《いっこう》に小供《こども》と遊ぶ気色《けしき》がない。日が当ると縁側に寝ている。前足を揃えた上に、四角な顎《あご》を載せて、じっと庭の植込を眺めた儘、いつ迄も動く様子が見えない。小供がいくら其《そ》の傍で騒いでも、知らぬ顔をしている。小供の方でも、初めから相手にしなくなった。此猫《このねこ》はとても遊び仲間に出来ないと云わん許《ばか》りに、旧友を他人扱いにしている。小供のみではない、下女はただ三度の食《めし》を、台所の隅《すみ》に置いてやる丈《だけ》で其の外《ほか》には、殆《ほとん》ど構い附けなかった。しかも其の食《めし》は大抵近所にいる大きな三毛猫が来て食って仕舞った。猫は別に怒る様子もなかった。喧嘩をする所を見た試しもない。ただ、じっとして寝ていた。然《しか》し其の寝方《ねかた》に何所《どこ》となく余裕《ゆとり》がない。伸んびり楽々と身を横に、日光を領《りよう》しているのと違って、動くべきせきがないために——是れでは、まだ形容し足りない。懶《ものう》さの度をある所迄通り越して、動かなければ淋《さび》しいが、動くと猶淋《なおさび》しいので、我慢して、じっと辛抱している様に見えた。其の眼附《めつき》は、何時《いつ》でも庭の植込を見ているが、彼れは恐らく木の葉も、幹の形も意識していなかったのだろう。青味がかった黄色い瞳子《ひとみ》を、ぼんやり一と所に落ち附けているのみである。彼れが家《うち》の小供から存在を認められぬ様に、自分でも、世の中の存在を判然《はっきり》と認めていなかったらしい。

夫《そ》れでも時々は用があると見えて、外へ出て行《ゆ》く事がある。すると何時《いつ》でも近所の三毛猫から追懸《おっか》けられる。そうして、怖いものだから、縁側を飛び上がって、立て切ってある障子を突き破って、囲炉裏《いろり》の傍迄逃げ込んで来る。家《うち》のものが、彼れの存在に気が附くのは此の時丈《だけ》である。彼れも此の時に限って、自分が生きている事実を、満足に自覚するのだろう。

是れが度《たび》重なるにつれて、猫の長い尻尾の毛が段々抜けて来た。始めは所々がぽくぽく穴の様に落ち込んで見えたが、後《のち》には赤肌に脱け広がって、見るも気の毒な程にだらりと垂れていた。彼れは万事に疲れ果てた、体軀《からだ》を圧《お》し曲げて、しきりに痛い局部を舐め出した。

おい猫がどうかしたようだなと云うと、そうですね、矢っ張り年を取った所為《せい》でしょうと、妻《さい》は至極冷淡である。自分も其の儘にして放って置いた。すると、しばらくしてから、今度は三度のものを時々吐く様になった。咽喉《のど》の所に大きな波を打たして、嚏《くしやみ》とも、しゃくりとも附かない苦しそうな音をさせる。苦しそうだけれども、已《やむ》を得《え》ないから、気が附くと表へ追い出す。でなければ畳の上でも、布団の上でも容赦なく汚す。来客の用意に拵えた八反《はったん》の座布団は、大方《おおかた》彼れの為に汚《よご》されて仕舞った。

「どうも仕様がないな。腸胃が悪いんだろう、宝丹《ほうたん》でも水に溶いて飲まして遣れ」

妻は何《なん》とも云わなかった。二三日《にち》してから、宝丹を飲ましたかと聞いたら、飲ましても駄目です、口を開きませんという答をした後で、魚の骨を食べさせると吐くんですと説明するから、じゃ食《く》わせんが好《い》いじゃないかと、少し嶮《けん》どんに叱りながら書見《しょけん》をしていた。

猫は吐気《はきけ》がなくなりさえすれば、依然として、大人しく寝ている。此の頃では、じっと身を竦《すく》める様《よう》にして、自分の身を支える縁側丈が便《たより》であるという風《ふう》に、如何《いか》にも切り詰めた蹲踞《うずく》まり方をする。眼附《めつき》も少し変って来た。始めは近い視線に、遠くのものが映る如く、悄然《しょうぜん》たるうちに、どこか落付《おちつき》が有ったが、それが次第に怪しく動いて来た。けれども眼の色は段々沈んで行《ゆ》く。日が落ちて微かな稲妻があらわれる様な気がした。けれども放って置いた。妻も気にも掛けなかったらしい。小供は無論猫のいる事さえ忘れている。

ある晩、彼は小供の寝る夜具《やぐ》の裾《すそ》に腹這《はらばい》になっていたが、やがて、自分の捕《と》った魚を取り上げられる時に出す様な唸声《うなりごえ》を挙げた。此の時変だなと気が附いたのは自分丈である。小供はよく寝ている。妻は針仕事に余念がなかった。しばらくすると猫が又唸《うな》った。妻は漸《よう》やく針の手を已めた。自分は、どうしたんだ、夜中に小供の頭でも噛《かじ》られちゃ大変だと云った。まさかと妻は又襦袢の袖を縫い出した。猫は折々唸っていた。

明くる日は囲炉裏の縁《ふち》に乗ったなり、一日唸っていた。茶を注《つ》いだり、薬缶《やかん》を取ったりするのが気味が悪い様であった。が、夜になると猫の事は自分も妻も丸で忘れて仕舞った。猫の死んだのは実に其の晩である。朝になって、下女が裏の物置に薪《まき》を出しに行った時は、もう硬くなって、古い竈《へっつい》の上に倒れて居た。

妻はわざわざ其の死態《しにざま》を見に行った。夫《そ》れから今迄の冷淡に引き更《か》えて急に騒ぎ出した。出入の車夫を頼んで、四角な墓標を買って来て、何か書いて遣って下さいと云う。自分は表に猫の墓と書いて、裏に此の下に稲妻起る宵《よい》あらんと認《したた》めた。車夫は此の儘、埋めても好いんですかと聞いている。まさか火葬にも出来ないじゃないかと下女が冷《ひや》かした。

小供も急に猫を可愛がり出した。墓標の左右に硝子《ガラス》の罎《びん》を二つ活けて、萩の花を沢山挿した。茶碗に水を汲んで、墓の前に置いた。花も水も毎日取り替えられた。三日目の夕方に四つになる女の子が――自分は此の時書斎の窓から見ていた。――たった一人墓の前へ来て、しばらく白木の棒を見ていたが、やがて手に持った、おもちゃの杓子を卸《おろ》して、猫に供えた茶碗の水をしゃくって飲んだ。それも一度ではない。萩の花の落ちこぼれた水の瀝《したた》りは、静かな夕暮の中に、幾度か愛子の小さい咽喉《のど》を潤おした。

猫の命日には、妻が屹度《きっと》一切れの鮭と、鰹節《かつぶし》をかけた一杯の飯を墓の前に供える。今でも忘れた事がない。ただ此の頃では、庭迄持って出ずに、大抵は茶の間の箪笥《たんす》の上へ載せて置くようである。

お富の貞操

芥川龍之介

明治元年五月十四日の午《ひる》過ぎだった。「官軍は明日夜《あすよ》の明け次第、東叡山彰義隊《とうえいざんしょうぎたい》を攻撃する。上野界隈の町家《ちょうか》のものは匆匆《そうそう》何処《どこ》へでも立ち退《の》いてしまえ。」――そういう達しのあった午過ぎだった。下谷町《したやまち》二丁目の小間物店《こまものみせ》、古河屋政兵衛《こがやまさべえ》の立ち退いた跡には、台所の隅の蚫貝《あわびがい》の前に大きい牡《おす》の三毛猫が一匹静かに香箱《こうばこ》をつくっていた。

戸をしめ切った家の中は勿論午過ぎでもまっ暗だった。人音《ひとおと》も全然聞えなかった。唯《ただ》耳にはいるものは連日の雨の音ばかりだった。雨は見えない屋根の上へ時時急に降り注いでは、何時《いつ》かまた中空《なかぞら》へ遠のいて行った。猫はその音の高まる度に、琥珀色《こはくいろ》の眼をまん円《まる》にした。竈《かまど》さえわからない台所にも、この時だけは無気味な燐光《りんこう》が見えた。が、ざあっという雨音《あまおと》以外に何も変化のない事を知ると、猫はやはり身動きもせずもう一度眼を糸のようにした。

そんな事が何度か繰り返される内に、猫はとうとう眠ったのか、眼を明ける事もしなくなった。しかし雨はあいかわらず急になったり静まったりした。八つ、八つ半、――時はこの雨音の中にだんだん日の暮へ移って行った。

すると七つに迫った時、猫は何かに驚いたように突然眼を大きくした。同時に耳も立てたらしかった。が、雨は今までよりも遥《はる》かに小降りになっていた。往来《おうらい》を馳《は》せ過ぎる駕籠《かご》舁《か》きの声、――その外《ほか》には何も聞えなかった。しかし数秒の沈黙の後、まっ暗だった台所は何時《いつ》の間にかぼんやり明るみ始めた。狭い板の間《ま》を塞《ふさ》いだ竈《かまど》、蓋のない水瓶《みずがめ》の水光り、荒神《こうじん》の松、引き窓の綱、――そんな物も順順に見えるようになった。猫はいよいよ不安そうに、戸を明いた水口を睨《にら》みながら、のそりと大きい体を起した。

この時この水口の戸を開いたのは、――いや戸を開いたばかりではない、腰障子《こししょうじ》もしまいに明けたのは、濡れ鼠になった乞食だった。彼は古い手拭《てぬぐい》をかぶった首だけ前へ伸ばしたなり、少時《しばらく》は静かな家のけはいにじっと耳を澄ませていた。が、人音のないのを見定めると、これだけは真新しい酒筵《さかむしろ》に鮮《あざや》かな濡れ色を見せたまま、そっと台所へ上って来た。猫は耳を平《ひら》めながら、二足三足《ふたあし》跡ずさりをした。しかし乞食は驚きもせず後手《うしろで》に障子をしめてから、徐《おもむ》ろに顔の手拭をとった。顔は髭《ひげ》に埋《うず》まった上、膏薬《こうやく》も二、三カ所貼《は》ってあった。しかし垢にはまみれていても、眼鼻立ちはむしろ尋常だった。

「三毛《みけ》。三毛。」

乞食は髪の水を切ったり、顔の滴を拭《ぬぐ》ったりしながら、小声に猫の名前を呼んだ。猫はその声に聞き覚えがあるのか、平めていた耳をもとに戻した。が、まだ其処《そこ》に佇《たたず》んだなり、時時はじろじろ彼の顔へ疑深《うたがいぶか》い眼を注いでいた。その間に酒筵を脱いだ乞食は脛《すね》の色も見えない泥足のまま、猫の前へどっかりあぐらをかいた。

「三毛公。どうした？——誰もいない所を見ると、貴様だけ置き去りを食わされたな。」

乞食は独り笑いながら、大きい手に猫の頭を撫でた。猫はちょいと逃げ腰になった。が、それぎり飛び退《の》きもせず、かえって其処へ坐ったなり、だんだん眼さえ細め出した。乞食は猫を撫でやめると、今度は古湯帷子《ふるゆかた》の懐《ふところ》から、油光りのする短銃を出した。そうして覚束《おぼつか》ない薄明りの中に、引き金の具合を検《しら》べ出した。「いくさ」の空気の漂った、人気《ひとけ》のない家の台所に短銃をいじっている一人の乞食——それは確かに小説じみた、物珍らしい光景に違いなかった。しかし薄眼《うすめ》になった猫はやはり背中を円くしたまま、一切《いっさい》の秘密を知っているように、冷然と坐っているばかりだった。

「明日《あす》になるとな、三毛公、この界隈《かいわい》へも雨のように鉄砲の玉が降って来るぞ。そいつに中《あた》ると死んじまうから、明日はどんな騒ぎがあっても、一日縁の下に隠れていろよ。……」

乞食は短銃を検べながら、時時猫に話しかけた。

「お前とも永い御馴染《おなじみ》だな。が、今日が御別れだぞ、明日はお前にも大厄日《だいやくび》だ。おれも明日は死ぬかも知れない。よしまた死なずにすんだところが、この先二度とお前と一しょに掃溜《はきだ》めあさりはしないつもりだ。そうすればお前は大喜びだろう。」

その内に雨はまた一きり、騒がしい音を立て始めた。雲も棟瓦《むねがわら》を煙らせるほど、近近《ちかぢか》と屋根に押し迫ったのであろう。台所に漂った薄明りは、前よりも一層かすかになった。が、乞食は顔も挙げず、やっと検べ終った短銃へ、丹念に弾薬を装填《そうてん》していた。

「それとも名残りだけは惜しんでくれるか？　いや、猫というやつは三年の恩も忘れるというから、お前も当てにはならなそうだな。――が、まあ、そんな事はどうでも好いや。唯《ただ》おれもいないとすると、――」

乞食は急に口を噤《つぐ》んだ。途端に誰か水口の外へ歩み寄ったらしいけはいがした。短銃をしまうのと振り返るのと、乞食にはそれが同時だった。いや、その外《ほか》に水口の障子ががらりと明けられたのも同時だった。乞食は咄嗟《とっさ》に身控えながら、まともに闖入者《ちんにゅうしゃ》と眼を合せた。

するとと障子を明けた誰かは乞食の姿を見るが早いか、かえって不意を打れたように、

「あっ」とかすかな叫び声を洩《も》らした。それは素裸足《すはだし》に大黒傘《だいこくがさ》を下げた、まだ年の若い女だった。彼女は殆《ほとん》ど衝動的に、もと来た雨の中へ飛び出そうとした。が、最初の驚きから、やっと勇気を恢復《かいふく》すると、台所の薄明りに透かしながら、じっと乞食の顔を覗きこんだ。

乞食は呆気《あっけ》にとられたのか、古湯帷子の片膝を立てたまま、まじまじ相手を見守っていた。もうその眼にもさっきのように、油断のない気色《けしき》は見えなかった。二人は黙然《もくねん》と少時《しばらく》の間、互《たがい》に眼と眼を見合せていた。

「何だい、お前は新公《しんこう》じゃないか？」

彼女は少し落ち着いたように、こう乞食へ声をかけた。乞食はにやにや笑いながら、二、三度彼女へ頭を下げた。

「どうも相済《あいす》みません。あんまり降りが強いもんだから、つい御留守へはいこみましたがね、――何、格別明き巣狙いに宗旨《しゅうし》を変えた訳でもないんです。」

「驚かせるよ、ほんとうに。――いくら明き巣狙いじゃないといったって、図図《ずうずう》しいにも程があるじゃないか？」

彼女は傘の滴を切り切り、腹立たしそうにつけ加えた。

「さあ、こっちへ出ておくれよ。わたしは家《うち》へはいるんだから。」

「へえ、出ます。出ろと仰有《おっしゃ》らないでも出ますがね。姐《ねえ》さんはまだ立ち退《の》かなかったんですかい？」

「立ち退いたのさ。立ち退いたんだけれども、――そんな事はどうでも好いじゃないか？」

「すると何か忘れ物でもしたんですね。――まあ、こっちへおはいんなさい。其処では雨がかかりますぜ。」

彼女はまだ業腹《ごうはら》そうに、乞食の言葉には返事もせず、水口の板の間へ腰を下《おろ》した。それから流しへ泥足を伸ばすと、ざあざあ水をかけ始めた。平然とあぐらをかいた乞食は髭だらけの顋《あご》をさすりながら、じろじろその姿を眺めていた。彼女は色の浅黒い、鼻のあたりに雀斑《そばかす》のある、田舎者らしい小女《こおんな》だった。なりも召使いに相応な手織木綿《ておりもめん》の一重物《ひとえもの》に、小倉《こくら》の帯しかしていなかった。が、活き活きした眼鼻立ちや、堅肥《かたぶと》りの体つきには、何処《どこ》か新しい桃や梨を聯想《れんそう》させる美しさがあった。

「この騒ぎの中を取りに返るのじゃ、何か大事の物を忘れたんですね。何です、その忘れ物は？　え、姐さん。――お富《とみ》さん。」

新公はまた尋ね続けた。

「何だって好いじゃないか？　それよりさっさと出て行っておくれよ。」

お富の返事は突慳貪《つっけんどん》だった。が、ふと何か思いついたように、新公の顔を見上げると、真面目にこんな事を尋ね出した。

「新公、お前、家の三毛を知らないかい？」

「三毛？　三毛は今此処《ここ》に、――おや、何処へ行きやがったろう？」

乞食はあたりを見廻した。すると猫は何時の間にか、棚の擂鉢《すりばち》や鉄鍋の間に、ちゃんと香箱をつくっていた。その姿は新公と同時に、忽《たちま》ちお富にも見つかったのであろう。彼女は柄杓《ひしゃく》を捨てるが早いか、乞食の存在も忘れたように、板の間の上に立ち上った。そうして晴れ晴れと微笑しながら、棚の上の猫を呼ぶようにした。

新公は薄暗い棚の上の猫から、不思議そうにお富へ眼を移した。

「猫ですかい、姐さん、忘れ物というのは？」

「猫じゃ悪いのかい？――三毛、三毛、さあ、下りて御出《おい》で。」

新公は突然笑い出した。その声は雨音《あまおと》の鳴り渡る中に殆《ほとん》ど気味の悪い反響を起した。と、お富はもう一度、腹立たしさに頬《ほお》を火照《ほて》らせながら、いきなり新公に怒鳴りつけた。

「何が可笑《おか》しんだい？　家《うち》のお上《かみ》さんは三毛を忘れて来たって、気違いのようになっているんじゃないか？　三毛が殺されたらどうしようって、泣き通しに泣いているんじゃないか？　わたしもそれが可哀そうだから、雨の中をわざわざ帰って来たんじゃないか？――」

「ようござんすよ、もう笑いはしませんよ。」

新公はそれでも笑い笑い、お富の言葉を遮《さえぎ》った。

「もう笑いはしませんがね。まあ、考えて御覧なさい。明日《あす》にも「いくさ」が始まろうというのに、高が猫の一匹や二匹――これはどう考えたって、可笑しいのに違いありませんや。お前さんの前だけれども、一体此処《ここ》のお上さん位、わからずやのしみったれはありませんぜ。第一あの三毛公を探しに、……」

「お黙りよ！　お上さんの讒訴《ざんそ》なぞは聞きたくないよ！」

お富は殆どじだんだを踏んだ。が、乞食は思いの外彼女の権幕には驚かなかった。のみならずしげしげ彼女の姿に無遠慮な視線を注いでいた。実際その時の彼女の姿は野蛮な美しさそのものだった。雨に濡れた着物や湯巻《ゆまき》、――それらは何処を眺めても、ぴったり肌についているだけ、露《あら》わに肉体を語っていた。しかも一目《ひとめ》に処女を感ずる、若若しい肉体を語っていた。新公は彼女に目を据えたなり、やはり笑い声に話し続けた。

「第一あの三毛公を探しに、お前さんをよこすのでもわかっていますさあ。ねえ、そうじゃありませんか？　今じゃもう上野界隈、立ち退かない家はありませんや。して見れば町家《ちょうか》は並んでいても、人のいない町原《まちばら》と同じ事だ。まさか狼も出まいけれども、どんな危い目に遇うかも知れない。――と、まずいったものじゃありませんか？」

「そんな余計な心配をするより、さっさと猫をとっておくれよ。――これが「いくさ」でも始まりゃしまいし、何が危い事があるものかね。」

「冗談いっちゃいけません。若い女の一人歩きが、こういう時に危くなけりゃ、危いという事はありませんや。早い話が此処にいるのは、お前さんとわたしと二人っきりだ。万一わたしが妙な気でも出したら、姐さん、お前さんはどうしなさるね？」

新公はだんだん冗談だか、真面目だか、わからない口調になった。しかし澄んだお富の目には、恐怖らしい影さえ見えなかった。唯その頬《ほお》には、さっきよりも、一層血の色がさしたらしかった。

「何だい、新公、――お前はわたしを嚇《おど》かそうっていうのかい？」

お富は彼女自身嚇かすやうに、一足《ひとあし》新公の側《そば》へ寄った。

「嚇かすえ？　嚇かすだけならば好いじゃありませんか？　肩に金切《きんぎ》れなんぞくつけていたって、風《ふう》の悪いやつらも多い世の中だ。ましてわたしは乞食ですぜ。嚇かすばかりとは限りませんや。もしほんとうに妙な気を出したら、……」

新公は残らずいわない内に、したたか頭を打ちのめされた。お富は何時《いつ》か彼の前に、大黒傘をふり上げていたのだった。

「生意気な事をおいいでない。」

お富はまた新公の頭へ、力一ぱい傘を打ち下《おろ》した。新公は咄嗟《とっさ》に身を躱《かわ》そうとした。が、傘はその途端に、古湯帷子の肩を打ち据えていた。この騒ぎに驚いた猫は、鉄鍋を一つ蹴落《けおと》しながら、荒神《こうじん》の棚へ飛び移った。と同時に荒神の松や油光りのする燈明皿《とうみよう》も、新公の上へ転げ落ちた。新公はやっと飛び起きる前に、まだ何度もお富の傘に、打ちのめされずにはすまなかった。

「こん畜生！　こん畜生！」

お富は傘を揮《ふる》い続けた。が、新公は打たれながらも、とうとう傘を引ったくった。のみならず傘を投げ出すが早いか猛然とお富に飛びかかった。二人は狭い板の間の上に、少時《しばらく》の間掴《つか》み合った。この立ち廻りの最中《さいちゆう》に、雨はまた台所の屋根へ、凄まじい音を蓁《あつ》め出した。光も雨音《あまおと》の高まるのと一しょに、見る見る薄暗さを加えていった。新公は打たれても、引っ掻かれても、遮二無二《しやにむに》お富を扭《ね》じ伏せようとした。しかし何度か仕損じた後、やっと彼女に組み付いたと思うと、突然また弾《はじ》かれたように、水口の方へ飛びすさった。

「この阿魔《あま》あ！……」

新公は障子を後ろにしたなり、じっとお富を睨みつけた。何時か髪も壊れたお富は、べったり板の間に坐りながら、帯の間に挟んで来たらしい剃刀《かみそり》を逆手《さかて》に握っていた。それは殺気を帯びてもいれば、同時にまた妙に艶《なま》めかしい、いわば荒神の棚の上に、背を高めた猫と似たものだった。二人はちょいと無言のまま、相手の目の中《うち》を窺《うかが》い合った。が、新公は一瞬の後、わざとらしい冷笑を見せると、懐からさっきの短銃を出した。

「さあ、いくらでもじたばたして見ろ。」

短銃の先は徐《おもむ》ろに、お富の胸のあたりへ向った。それでも彼女は口惜《くや》しそうに、新公の顔を見つめたきり、何とも口を開かなかった。新公は彼女が騒がないのを見ると、今度は何か思いついたように、短銃の先を上に向けた。その先には薄暗い中に、琥珀色の猫の目が仄《ほの》めいていた。

「好《い》いかい？　お富さん。――」

新公は相手をじらすように、笑いを含んだ声を出した。

「この短銃がどんというと、あの猫が逆様《さかさま》に転げ落ちるんだ。お前さんにしても同じ事だぜ、そら好いかい？」

引き金はすんでに落ちようとした。

「新公！」

突然お富は声を立てた。

「いけないよ。打っちゃいけない。」

新公はお富へ目を移した。しかしまだ短銃の先は、三毛猫に狙いを定めていた。

「いけないのは知れた事だ。」

「打っちゃ可哀そうだよ。三毛だけは助けてやっておくれ。」

お富は今までとは打って変った、心配そうな目つきをしながら、心もち震える唇の間に、細かい歯並みを覗かせていた。新公は半ば嘲るように、また半ば訝《いぶか》るように、彼女の顔を眺めたなり、やっと短銃の先を下げた。と同時にお富の顔には、ほっとした色が浮んで来た。

「じゃ猫は助けてやろう。その代り。――」

新公は横柄《おうへい》にいい放った。

「その代りお前さんの体を借りるぜ。」

お富はちょいと目を外《そ》らせた。一瞬間彼女の心の中《うち》には、憎しみ、怒り、嫌悪、悲哀、その外いろいろの感情がごったに燃え立って来たらしかった。新公はそういう彼女の変化に注意深い目を配りながら、横歩きに彼女の後ろへ廻ると茶の間の障子を明け放った。茶の間は台所に比べれば、勿論一層薄暗かった。が、立ち退いた跡という条《じょう》、取り残した茶箪笥や長火鉢は、その中にもはっきり見る事が出来た。新公は其処に佇《たたず》んだまま、かすかに汗ばんでいるらしい、お富の襟もとへ目を落した。するとそれを感じたのか、お富は体を捻《ねじ》るように、後ろにいる新公の顔を見上げた。彼女の顔にはもう何時の間にか、さっきと少しも変らない、活き活きした色が返っていた。しかし新公は狼狽したように、妙な瞬《またた》きを一つしながら、いきなりまた猫へ短銃を向けた。

「いけないよ。いけないってば。——」

お富は彼を止めると同時に、手の中《うち》の剃刀を板の間へ落した。

「いけなけりゃあすこへお行きなさいな。」

新公は薄笑いを浮べていた。

「いけ好かない！」

お富は忌忌《いまいま》しそうに呟《つぶや》いた。が、突然立ち上ると、ふて腐れた女のするように、さっさと茶の間へはいって行った。新公は彼女の諦《あきら》めの好いのに、多少驚いた容子《ようす》だった。雨はもうその時には、ずっと音をかすめていた。おまけに雲の間には、夕日の光でもさし出したのか、薄暗かった台所も、だんだん明るさを加えて行った。新公はその中に佇《たたず》みながら、茶の間のけはいに聞き入っていた。小倉《こくら》の帯の解かれる音、畳の上へ寝たらしい音。——それぎり茶の間はしんとしてしまった。

新公はちょいとためらった後、薄明るい茶の間へ足を入れた。茶の間のまん中にはお富が一人、袖に顔を蔽《おお》ったまま、じっと仰向けに横たわっていた。（四十一字欠）新公はその姿を見るが早いか、逃げるように台所へ引き返した。彼の顔には形容の出来ない、妙な表情が漲《みなぎ》っていた。それは嫌悪のようにも見えれば、恥じたようにも見える色だった。彼は板の間へ出たと思うと、まだ茶の間へ背を向けたなり、突然苦しそうに笑い出した。

「冗談だ。お富さん。冗談だよ。もうこっちへ出て来ておくんなさい。……」

——何分かの後、懐に猫を入れたお富は、もう傘を片手にしながら、破れ筵《むしろ》を敷いた新公と、気軽に何か話していた。

「姐さん。わたしは少しお前さんに、訊きたい事があるんですがね。——」

新公はまだ間《ま》が悪そうに、お富の顔を見ないようにしていた。

「何をさ！」

「何をって事もないいんですがね。——まあ肌身を任せるといえば、女の一生じゃ大変な事だ。それをお富さん、お前さんは、その猫の命と懸《か》け替《がえ》に、——こいつはどうもお前さんにしちゃ、乱暴すぎるじゃありませんか？」

新公はちょいと口を噤《つぐ》んだ。がお富は頬笑《ほほえ》んだぎり、懐の猫を劬《いたわ》っていた。

「そんなにその猫が可愛いんですかい？」

「そりゃ三毛も可愛いしね。——」

お富は煮え切らない返事をした。

「それともまたお前さんは、近所でも評判の主人思いだ。三毛が殺されたとなった日にゃ、この家《うち》の上《かみ》さんに申し訳がない。——という心配でもあったんですかい？」

「ああ、三毛も可愛いしね。お上さんも大事にゃ違いないんだよ。けれどもただわたしはね。――」

お富は小首を傾けながら、遠い所でも見るような目をした。

「何といえば好いんだろう？　唯あの時はああしないと、何だかすまない気がしたのさ。」

――更にまた何分かの後、一人になった新公は、古湯帷子の膝を抱いたまま、ぼんやり台所に坐っていた。暮色《ぼしよく》は疎《まば》らな雨の音の中に、だんだん此処へも迫って来た。引き窓の綱、流し元の水瓶、――そんな物も一つずつ見えなくなった。と思うと上野の鐘が、一杵《いつしよ》ずつ雨雲にこもりながら、重苦しい音を拡《ひろ》げ始めた。新公はその音に驚いたように、ひっそりしたあたりを見廻した。それから手さぐりに流し元へ下りると、柄杓《ひしやく》になみなみと水を酌《く》んだ。

「村上新三郎源《むらかみしんざぶろうみなもと》の繁光《しげみつ》、今日だけは一本やられたな。」

彼はそう呟《つぶや》きざま、うまそうに黄昏《たそがれ》の水を飲んだ。……………………

＊　　＊　　＊

明治二十三年三月二十六日、お富は夫や三人の子供と、上野の広小路を歩いていた。

その日は丁度竹の台に、第三回内国博覧会の開会式が催される当日だった。おまけに桜も黒門《くろもん》のあたりは、もう大抵開いていた。だから広小路の人通りは、殆ど押し返さないばかりだった。其処へ上野の方からは、開会式の帰りらしい馬車や人力車の行列が、しっきりなしに流れて来た。前田正名《まえだまさな》、田口卯吉《たぐちうきち》、渋沢栄一《しぶさわえいいち》、辻新次《つじしんじ》、岡倉覚三《おかくらかくぞう》、下条正雄《しもじょうまさお》——その馬車や人力車の客には、そういう人人も交《まじ》っていた。

五つになる次男を抱いた夫は、袂《たもと》に長男を縋《すが》らせたまま、目まぐるしい往来の人通りをよけよけ、時時ちょいと心配そうに、後ろのお富を振り返った。お富は長女の手をひきながら、その度に晴れやかな微笑《ほほえみ》を見せた。勿論二十年の歳月は、彼女にも老《おい》を齎《もたら》していた。しかし目の中《うち》に冴えた光は昔と余り変らなかった。彼女は明治四、五年頃に、古河屋《こがや》政兵衛《まさべえ》の甥に当る、今の夫と結婚した。夫はその頃は横浜に、今は銀座の何丁目かに、小さい時計屋の店を出していた。……………

お富はふと目を挙げた。その時丁度さしかかった、二頭立ちの馬車の中には、新公が悠悠と坐っていた。新公が、——尤も今の新公の体は、駝鳥《だちょう》の羽根の前立《まえだて》だの、厳《いか》めしい金モオルの飾緒《かざりお》だの、大小幾つかの勲章だの、いろいろの名誉の標章に埋《うず》まっているようなものだった。しかし半白《はんぱく》の髯《ひげ》の間に、こちらを見ている赭《あか》ら顔は、往年の乞食に違いなかった。お富は思わず足を緩《ゆる》めた。が、不思議にも驚かなかった。新公は唯《ただ》の乞食ではない。——そんな事はなぜかわかっていた。顔のせいか、言葉のせいか、それとも持っていた短銃のせいか、とにかくわかってはいたのだった。お富は眉も動かさずに、じっと新公の顔を眺めた。新公も故意か偶然か、彼女の顔を見守っていた。二十年以前の雨の日の記憶は、この瞬間お富の心に、切ないほどはっきり浮んで来た。彼女はあの日無分別《むふんべつ》にも、一匹の猫を救うために、新公に体を任そうとした。その動機は何だったか、――彼女はそれを知らなかった。新公はまたそういう羽目にも、彼女が投げ出した体には、指さえ触れる事を肯《がえん》じなかった。その動機は何だったか、――それも彼女は知らなかった。が、知らないのにもかかわらず、それらは皆お富には、当然すぎるほど当然だった。彼女は馬車とすれ違いながら、何か心の伸びるような気がした。

新公の馬車の通り過ぎた時、夫は人ごみの間から、またお富を振り返った。彼女はやはりその顔を見ると、何事もないように頬笑《ほほえ》んで見せた。活き活きと、嬉しそうに。…………

――大正十一年八月――

猫の奪還

葉山嘉樹《はやまよしき》

　農村で暮していると、ひどい目に会うことがある。当り前の話だ。私は農村にいたって百姓をしている訳ではなし、炭焼きに行く訳ではなし、釣りには行くが、獲物を売って、それで生活を立てる、と云う程に釣れやしない。よしんば農村にいて、百姓をやったって、それでさえ喰えない時世なのだから、私が喰えなくなるのは、これや当り前の話だ。だが、いくら当り前の話だって、喰えないとなると、穏かではない。「喰えないのは当り前だよ」と云って、女房子に平然と宣言する程、未だ腹が据っていない。殊に腹の中に空っぽな胃の腑や、腸があると、腹と云うものは余計に、据りにくいものらしい。

　子供などは特別、空の胃袋に対しては敏感である。騒げば騒ぐほど腹が空るって、云って聞かせても、矢っ張り騒ぐのだ。

いや面白い話がある。面白いと云うと語弊があるが、余り米を沢山食っては具合が悪い、と云う風な状態の時に、人間は沢山、米を喰うものだ。米さえも沢山喰ってはいけない、と考えなければならないような時には、肉だとか魚だとか、甘い菓子だとか、フンダンに喰える筈はない。麦と米と半々位の飯に、菜っ葉の漬物か、生味噌と云うことになる。

そんな時は、子供たちはまるで、腑甲斐ない親爺に面あてでもするように喰う。嬶《かかあ》も同様である。そして、最後に私自身といえども、自分に食客になってるように、慌てて詰込むのである。

「いくら喰べても、喰べたような気がしない」

と、嬶は云うのだ。私も同感である。

「胃袋は経済的な感覚は無いらしいね」

と、私は答えない訳には行かない。

そんな場合に、最も生活力の強さを現すのが「コロ」であった。コロは寺の境内に捨てられていた、赤ん坊猫だった。それが泥んこに濡れて鳴いていたので、子供が抱いて来たのだった。腹が空き切っているのだが、飯を喰う道を知らないで、乳を呑むように茶碗の底に鼻を押しつけるだけなのだ。惨酷で見ていられる状態ではなかった。

そこで、私は煮干と飯とを口の中で溶ける程嚙んで、指で仔猫の口へ入れた。

「お父ちゃんはうまいや」

と、子供がほっとしたように云ったものだ。が、お蔭で、それから私は、仔猫の養育係りに廻ってしまって、両便の始末まで引き受けねばならなかった。

「何と云う名にする？」

と子供に訊くと、

「コロコロして歩くから、コロだよ」

と、上の子が、即座に命名してしまった。

そのコロが、私の家で食糧難に陥った時、最も抵抗力が強くなった。鼠などは、家中の鼠を捕り尽すと、どこかから捕って来て、家の中に逃がしたりするのだ。

だが、鼠までは、私はコロの領分に入って行きはしなかった。が、雀や小鳥となると、どうにも虚心坦懐に見ている、と云う訳には行かないのだ。コロは小鳥を捕るのが、実に天才だった。

尤も、私が犬や猫を飼う場合には、第一に子供の時から跳躍を仕込むことにしていた。布に煮干を包んで、鴨居にブラ下げて置くのである。届かない程度程度に引き上げて、届いた時には一尾、煮干を与えるのである。終いには草臥《くたび》れてしまって横目でその獲物を睨めながら、隅の方に引っ込んで寝て終う。と云う風な訓練法だった。

だから、蚤程《のみ》とは行かないが、五尺位は跳上るようになっていた。

コロはその跳躍法を利用して、小鳥を啣えて来て、ふざけて遊ぶのだが、それは見ているのには、些か、惨酷であった。

それに、人間が肉も魚も喰えない時に、

「コロ、お前だけ小鳥を喰うってえのは、ちと贅沢だぞ。みんなたあ云わん、腹と骨とだけお前にやるからな。お前だって、俺に飯を噛んで貰ったんじゃねえか」

と、頗《すこぶ》る下劣なる心情を起しながら、コロから小鳥をとり上げようとするのだが、そこは猫である。敏捷である。啣えて木の上に駆け登ってしまう。

そうなると、畜生の浅間しさ、と云うが、人間とどうか、と思われるような、浅間しい気がこっちに起って来るのである。

——畜生逃げやがったな。恩知らず奴——

と、カンカンになるが、それは私の方が無理である。

コロが小鳥を捕って来たのは、私たちが、副食物に肉も魚も長いこと喰わないので、見るに見かねて、捕って来てくれた、のではないのである。事情は正に逆なのである。

私の方で、肉や魚をフンダンに喰っていれば、コロの方にも骨や、脂が廻るのである。

私の方で、そんな風な、コロにとっては必要欠くべからざる、動物性食物を与えないから、コロは高い梢に登って、長い時間の辛抱と努力とで、一羽の鳥を捕えたのだ。悪くすれば、コロは高い梢から地辺に墜ちて、一命を失わないとも限らない、冒険の結果である、貴い獲物なのだ。

コロにすれば、拾われた事や、飯を噛んで貰ったことなど、忘れてしまっているのだ。忘れると云うことは、猫にとってだけでなく、人間の間にあってさえ、美徳ではないのか。

又は、忘れていないからこそ、耳や尻尾を引っ張ったり、紙袋で頭を包んで終う、人間の子供たちに、引っ掻いたり、鼠に食いつくように食いついたりしないで、畑に逃げ込んだり樹の上に避難したりするのではないのか。

もともと、私とコロとの間には、別に契約書や、証文などと云うものを、交した覚えはないのである。極めて自然に、情愛を以て、私の一家の一員になったのである。

それを今になって、コロから食費や、間代を、物納によって、雀の形でとり上げようと云うのは、それや、私の方が間違っているのである。

どうも、どんな場合でも、人間が、生物の中では一番慾張りであるのでは、あるまいか。

だが、何しろ、雀は未だ生きているし、コロはもう、それを啣えて、杏の木から下りて来て、庭で、又ふざけ始めたのである。

雀は未だ、二三尺は飛べるのである。

その有様を見ていると、私の反省は鈍って来て、「焼き鳥」の材料を、コロが言語道断にも、生のままで、「一人で」喰ってしまう、と云う風に考えられて来るのである。

その上、嗅と云うものは、徹底的に現実的な考え方をするのである。

「あら、コロが小鳥を捕って来てるわ。勿体ないわ、あんた。人間でさえも小鳥が喰べられないのに、コロ一人で喰べるの、勿体ないわ。ねえ、勿体ないじゃないの」

と云うのである。

「なるほど、勿体ない」

と、とっさに私も考えてしまうのだ。

「馬鹿なことを云うな。猫は肉食動物だよ。だから人間よりも先に、雀を喰う必要があるんだよ」

とは考えないから、あさましいものだ。

とうとう、コロが雀を二三尺飛ばして、わざと知らないふりをして、満足の表情に、ウー、とうなっている時に乗じて、私は小石を逆の方に転がした。

果して、コロは小石を追っかけた。

その間に素ばやく私は雀を捕えた。ちょっと済まないような気がした。が、厚かましく構えなきゃいかん、と自分に云い聞かせて、家に上って、裏に抜けて、畑で雀の毛を挘《むし》りにかかった。

だが、横領と云うか、掠奪と云うか、そう云う境地に、現に自分がいると云うことは、相手が畜生にしたって、いや畜生だからこそかも知れないが、余り、清々しい気持のものではない。

で、毛を挘ってしまうと、表の荒れ果てた庭に出て見ると、コロは杏の樹にかけ登ったり、檜の梢をかけ廻ったり、熊笹の茂みに飛び込んだり、文字通り血眼になって、自分の獲物を探しているのである。

――悪く思うなよ――

と、私は口に出して云って、火鉢に火を熾しにかかった。

――お前も畜生は畜生でも、レッキとした家畜だ。な、だから生で喰うよりも、焼いてから喰った方が、口に合うようになっているんだ。尤も、ちっとばかり量が減るがな。然し共同生活をやってる以上、お前も、いくらかの負担を負わねばいかん、と云うものじゃ。なあコロ。――

と、つむじ風のように、庭中かけ廻っているコロを見ながら、考えた。

――子供たちが股から胸へかけて、一本ずつ喰う。と、カロリーはどの位あるかな。俺は頭だ、嗅は背骨だけだ。腹わたと足の骨は、どうしたって、コロに返さなきゃいかん。全つ切り取り上げてしまうと云うことは、人道に反する。コロに対しても恥ずべき事と、云わねばならん。――

「おい、小皿に醤油を少し持って来てくれえ」

と、私は嗅に命じ、餅網の上に雀を載せ、どんな良心的なコックも及ばないような、真剣さでもって焼きにかかった。

ああ、小鳥の焼ける香りよ！

生ぶ毛見たいな毛が、大抵焼けたところで、醤油をつけて熔った。焦がさないように、骨が軟く喰えるように、何しろ、貴重を極めたる副食物である。

家内中の血液が、肉体が、これによって、幾分の潑剌さを加えようとする、その芳香、その焼鳥。

とたん。私の手が延びるよりも早く、コロは、猫であり、従って世にも云う通り、猫舌を持っていて、熱いものは禁物であるにもかかわらず、その、ジュウジュウ脂を吹き出している、熱い小鳥を銜えるが早いか、多分、舌の火傷をするのも気につかなかったであろう、戸外へ一目散に駆け出てしまった。

「あっ！　コロに取られた！」

と、私は怒鳴って、縁側に駆け出した。が、もうコロはそこらには居なかった。

「コロに取られたって。あんたついていたんじゃなかったの」

と、嗅も駆けて来て、私を詰問した。

「速い奴だ、電光石火だ！」

「感心するもんじゃないわ。あんな泥棒猫。捨てておしまいなさいよ」

と、嗅が云った。

「取られたなあ、先ずコロだったんだ。泥棒猫だなんて云うな。あいつあ被害者だったんだ。俺が取った方の側なんだ。泥棒猫なんて云うな、人聞きが悪い」

そして、私たちは漬物で、良心の苛責なしに夕飯を食った。

著者略歴

小泉八雲（一八五〇年〜一九〇四年）

ギリシア出身。出生名はパトリック・ラフカディオ・ハーン。アメリカの出版社時代に特派員として来日したことがきっかけで、日本に渡る。四五歳で東京帝国大学の英文学講師となる。

一八九六年には日本国籍を取得し、「小泉八雲」と名乗るようになった。作品に「耳なし芳一のはなし」「むじな」「雪女」などの怪談を多数収録した『怪談』や『知られざる日本の面影』などがある。

谷崎潤一郎（一八八六年〜一九六五年）

東京都出身。東京帝国大学国文科中退。小山内薫らと創刊した第二次「新思潮」に発表した「誕生」「刺青」は、その耽美的な作風が自然主義が隆盛を極めていた当時の文壇に大きな衝撃を与えた。翌年「三田文学」誌上で永井荷風に劇賞され、新人作家ながら文壇に登ることとなる。

作品に『刺青』『痴人の愛』『卍』『蓼喰ふ虫』『細雪』『鍵』『春琴抄』『瘋癲老人日記』などがある。

内田百閒《ひやつけん》（一八八九年〜一九七一年）

岡山県出身。別号「百鬼園」。裕福な酒造家の一人息子として生まれる。旧制六高を経て東京帝国大学独文科に入学。夏目漱石門下の一員となり、芥川龍之介、鈴木三重吉らと親交を深めた。『百鬼園随筆』では独自の文学的世界観を確立。重版数十を重ねるベストセラーとなった。

作品に『百鬼園俳句帖』、随筆『御馳走帖』『ノラや』小説『阿房列車』などがある。

太宰治（一九〇九年〜一九四八年）

青森県の大富豪の家に生まれる。二十歳の時、芸者と心中を図るが未遂に終わった。その後、作家を目指し、井伏鱒二に師事。二十六歳の時、「逆行」が第一回芥川賞の次席となり、翌年、第一創作集『晩年』を刊行。戦後は一躍流行作家となるも、三十八歳の時、山崎富栄と玉川上水にて入水し、この世を去った。

作品に『人間失格』『ヴィヨンの妻』などがある。

佐藤春夫（一八九二年〜一九六四年）

和歌山県出身。詩人・小説家。慶應義塾大学文学部中退。早くから「スバル」「三田文学」に詩を発表。一九一九年に小説「田園の憂鬱」を発表し、古風で叙情的な作風が注目を集めた。

門人が多いことでも知られ、太宰治、井伏鱒二、壇一雄など多くの作家が彼を師と仰いだ。

作品に詩集『殉情詩集』、小説『都会の憂鬱』などがある。

宮沢賢治（一八九六年〜一九三三年）

岩手県出身。日蓮宗徒。盛岡高等農林学校（現・岩手大学農学部）に首席で入学。卒業後は郡立稗貫農学校（現・花巻農業高等学校）に着任。この頃、詩集『春と修羅』、童話集『注文の多い料理店』などを刊行した。

作品に童話「銀河鉄道の夜」、詩集「口語詩稿」などがある。

梶井基次郎（一九〇一年〜一九三二年）

大阪府出身。14歳の時に弟を結核で亡くす。19歳で自身も肺結核にかかり、伊豆の湯ヶ島で転地療養をする。この頃から荒れた生活を送るようになる。東京帝国大学英文科中退。肺結核のため、31歳で死去。

作品には私小説的なものが多く、死後、評価が高まっていった。代表作に『檸檬』『城のある町にて』などがある。

梅崎春生（一九一五年〜一九六五年）

福岡県出身。東京帝国大学国文科卒。在学中に「風宴」を発表。

戦後、兵士として過ごした体験をもとに書いた「桜島」「日の果て」などで新人作家としての地位を得る。「ボロ家の春秋」で直木賞、「砂時計」で新潮社文学賞、「狂ひ凧」で芸術選奨文部大臣賞を受賞。肝硬変により50歳で急死。

他に「幻化」などの作品がある。

海野十三《うんのじゅうざ》（一八九七年〜一九四九年）

徳島県の医者の家に生まれる。逓信省電気試験所に勤務しながら執筆活動をし、一九二八年「新青年」に発表した「電気風呂の怪死事件」で小説家としてデビュー。推理小説、ミステリー、SFなど数百の作品を遺す。日本SFの先駆者の一人。

一九四九年、結核のために52歳で死去。

作品に『蝿男』『火星兵団』『地球盗難』『十八時の音楽浴』などがある。

萩原朔太郎（一八八六年〜一九四二年）

群馬県出身。詩人。慶応義塾大学予科中退。

北原白秋の門下生として作詩活動を始め、一九一六年に室生犀星と「感情」を創刊する。翌年に処女詩集『月に吠える』を刊行。「日本近代詩の父」と呼ばれ、不安や孤独、憂愁といった感情を繊細に綴った。一九二三年には『青猫』『蝶を夢む』を刊行。口語自由詩による新しい世界を展開し、注目された。

近松秋江《しゅうこう》（一八七六年〜一九四四年）

岡山県出身。早稲田大学卒。本名徳田浩司。雑誌「中学世界」の編集を経て、「別れたる妻に送る手紙」でデビュー。その後「執着」「疑惑」などの続編を発表し、私小説作家としての道を歩む。露骨な描写などで、情痴小説や痴愚小説の草分けともされる。

他に『別れた妻』『黒髪』などの作品がある。

徳冨蘆花《とくとみろか》（一八六八年～一九二七年）

熊本県出身。本名、徳富健次郎。同志社大学中退。キリスト教の影響を受けて、トルストイに傾倒。兄・蘇峰の設立した民友社で働きながら執筆活動を行う。小説「不如帰」がベストセラーになり、作家としての地位を確立。兄とはその後、思想の違いなどから不仲になり、絶縁状態になる。

他に随筆『自然と人生』などの作品がある。

夏目漱石（一八六七年～一九一六年）

東京都出身。本名、夏目金之助。

教師生活を送った後、イギリスに留学。帰国後は東京帝国大学で教鞭をとりながら、「吾輩は猫である」を発表。教職を辞した後は、朝日新聞社に入社し「虞美人草」「三四郎」などを連載した。

晩年は、持病の胃潰瘍が悪化した。作品に『こころ』『坊ちゃん』『それから』などがある。

芥川龍之介（一八九二年～一九二七年）

東京都出身。東京帝国大学卒。在学中から創作活動を始め、一九一六年に発表した「鼻」は夏目漱石に絶賛された。卒業後、海軍機関学校に嘱託教官として就任する。教職を辞した後は大阪毎日新聞社に入社し、執筆活動に専念した。

三十五歳で服毒自殺し、鬼籍に入る。

作品に『羅生門』『歯車』『河童』などがある。

葉山嘉樹《はやまよしき》（一八九四年～一九四五年）

福岡県の士族の家に生まれる。本名、嘉重。早稲田大学予科退学後、水夫見習いや下級船員など、職を転々とする。

一九二三年、労働運動に参加して投獄されるが、刑務所内で執筆した「淫売婦」や「海に生くる人々」でプロレタリア作家としての地位を確立。

他に「セメント樽の中の手紙」「今日様」などの作品がある。

本文表記は読みやすさを重視し、原則として新字体、現代仮名遣い、常用漢字を採用しました。

また、今日の人権意識に照らし、不当、不適切と思われる語句や表現については、作品の時代的背景と文学的価値とを考慮し、そのままとしました。

【出典一覧】

内田百閒『ノラや』（筑摩書房）
小泉八雲『小泉八雲全集 第六巻』（第一書房）
谷崎潤一郎『猫の文学館Ⅱ』（筑摩書房）
太宰治『猫の文学館Ⅰ』（筑摩書房）
佐藤春夫『猫の文学館Ⅱ』（筑摩書房）
宮沢賢治『にゃんそろじー』（新潮社）
梶井基次郎『檸檬』（新潮社）
梅崎春生『猫の文学館Ⅰ』（筑摩書房）

海野十三『海野十三全集第13巻 少年探偵長』（三一書房）
萩原朔太郎『萩原朔太郎』（筑摩書房）
近松秋江『猫の文学館Ⅱ』（筑摩書房）
徳冨蘆花『猫の文学館Ⅱ』（筑摩書房）
夏目漱石『猫の文学館Ⅱ』（筑摩書房）
芥川龍之介『或日の大石内蔵之助・枯野抄 他十二篇』（岩波書店）
葉山嘉樹『猫の文学館Ⅰ』（筑摩書房）

彩図社の名作短編集

文豪たちが書いた
怖い名作短編集

彩図社文芸部 編纂
本体価格 593 円＋税

夢野久作「卵」
夏目漱石「夢十夜」
小泉八雲「屍に乗る男」
久生十蘭「昆虫図」
芥川龍之介「妙な話」
内田百閒「件」
志賀直哉「剃刀」
岡本綺堂「蟹」
江戸川乱歩「押絵と旅する男」など 15 作品を収録

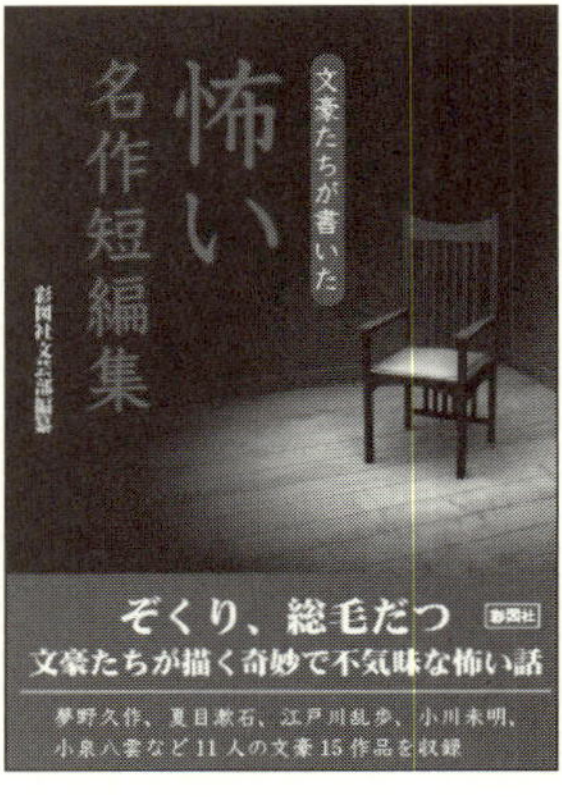

文豪たちが書いた「猫」の名作短編集

平成29年12月13日　第1刷

編　纂　彩図社文芸部

発行人　山田有司

発行所　株式会社 彩図社《さいずしゃ》

〒170-0005 東京都豊島区南大塚3-24-4 MTビル
TEL:03-5985-8213
FAX:03-5985-8224

印刷所　新灯印刷株式会社

URL：http://www.saiz.co.jp
Twitter：https://twitter.com/saiz_sha

ISBN978-4-8013-0265-5 C0193